열다섯, 시를 만나는 순간

열다섯,
시를 만나는 순간

사춘기의 마음을 다독이는
한국 현대 명시 60

고운기 해설 | 금동원 그림

일러두기

1. 시의 맞춤법과 띄어쓰기는 현행 맞춤법 규정을 기준으로 하였습니다. 단, 어감을
   고려하여 일부 고어와 사투리 등은 원문의 표기를 따랐습니다.

2. 원문의 한자는 읽기 쉽도록 모두 한글로 바꾸되, 표현의 난이도가 높거나 뜻이 모
   호해질 경우에 한하여 병행 표기하였습니다.

3. 이 책에 실린 시 중 저작권자와 연락이 닿지 않아 게재 허락을 받지 못한 작품이
   있습니다. 출판사로 연락을 주시면 허락을 받고 게재료를 지불하겠습니다.

4. 이 책은 2012년 출간된 『첫 키스는 사과 맛이야 1』의 개정 도서입니다.

사랑하는 벗들.

나는 결코 그대들에게 인생의 깊은 뜻을 가르치려는 것
이 아니다. 나에게는 그럴 능력이 없다. 어느 시인이 노래
한 것처럼, 그대들 역시 바다물결에 밀리고, 저 바람에 선
동당하고, 강물에 지도받으며, 물처럼 바람처럼 그저 자
연스럽게 살아가기를 바랄 따름이다.

　생명을 가진 모든 것들은 태어나 숨 쉬고 늙고 병들어
죽음에 이르는 과정을 어김없이 거쳐 간다. 이것은 나와
그대들 또한 피해갈 수 없는 운명이다. 우리는 이러한 삶
의 순환을 인정하고 받아들이면서도 한편으로는 매순간
삶과 맞서 싸워야만 한다. 시인들 또한 그 과정을 밟으며
때론 기뻐하고 때론 슬퍼하며 고민을 거듭했기에 그것을
한 편의 시로 노래하였으리라.

사랑하는 벗들.

그대들의 나이에 시인은 무엇을 고민했을까. 어떤 꿈을 꾸었을까. 어떤 사랑을 그리고 무엇에 눈물 흘리며 안타까워했을까. 시인의 감성이 담뿍 담긴 노래를 들으며 그대들의 삶과 견주어 보고 싶지 않은가.

내 뜻과 상관없이 바쁘게 흘러가는 일상에 지쳐 있다면, 잠시 시를 읽으며 잊고 있던 다른 가치들을 찾아보자. 눈앞의 작은 것에 연연하는 좁은 마음을 버리고 좀 더 멀리 넓게 볼 수 있는 눈을 가져 보자. 증명할 수 없는 것을 증명하려 억지 부리지 않는 여유, 미리 설정된 틀 안에 모든 것을 맞추려 하지 않는 관용, 가깝고 작은 것들 속에서 멀고 큰 것을 읽어 내는 눈! 시인들의 노래를 들으며 우리는 생의 다른 면을 바라보게 되리라. 나는 그것이 시를 읽은 이가 얻게 될 가장 귀한 선물이라 생각한다.

그리하여 사랑하는 벗들.

나는 그대들이 자유로운 영혼의 소유자로 살아가기를 바란다. 한 해 한 해 시간이 흐를수록 시의 향기를 머금은 사람으로 자라나기를 바란다. 여기 삶과 사랑 그리고 젊음을 가장 아름답게 노래한 성장의 시들을 모아 그대들에게 보내니, 부디 시인의 마음과 목소리에 귀 기울여 읽어 주기를 청한다. 그러면 혹 어느 날 어느 골목길에서 우연히 마주쳤을 때, 나는 그대들의 얼굴을 보며 '아, 시를 읽은 이의 얼굴이군' 하고 미소를 지을 것이다.

2026년 새해
고운기

차례 ———

2장 | 우정과 사랑, 때로는 기쁘고 때로는 슬픈 고민

3장 ǀ 여유, 소중한 나에게 주고 싶은 선물

4장 | 자존감, 마음이 이끄는 대로 움직일 결심

1장 우리, 내가 몰랐던 너의 세계

꽃

김춘수

내가 그의 이름을 불러 주기 전에는
그는 다만
하나의 몸짓에 지나지 않았다.

내가 그의 이름을 불러 주었을 때
그는 나에게로 와서
꽃이 되었다.

내가 그의 이름을 불러 준 것처럼
나의 이 빛깔과 향기에 알맞은
누가 나의 이름을 불러 다오.
그에게로 가서 나도
그의 꽃이 되고 싶다.

우리들은 모두

무엇이 되고 싶다.

너는 나에게 나는 너에게

잊혀지지 않는 하나의 눈짓이 되고 싶다.

아무리 화려한 생김의 꽃이라도 그 아름다움을 먼저 알아봐 주는 눈이 더 중요한 법이지요. 내게 다가와 하나의 의미가 되려면 내가 먼저 상대방을 불러 주어야 합니다.

그뿐입니까. 나 또한 누군가에게는 꽃이 되고 싶습니다. '나의 빛깔과 향기'를 알아봐 주는 누군가에게 말이지요. 너는 나에게 나는 너에게…… 특별한 존재가 되고 싶은 거지요.

고등학생 시절, 이 시를 좋아하던 여학생에게 푹 빠졌던 기억이 납니다. 그녀는 시인이 직접 낭송한 이 시의 카세트테이프(요즘의 디브이디 같은 것)까지 가지고 있었지요. 관심을 끌어 볼 요량으로 테이프를 빌렸는데, 세상에, 그만 누군가가 훔쳐가 버렸지 뭔가요. 물론 그 테이프를 따라 여학생의 마음도 영영 떠나가 버리고 말았답니다.

김춘수(1922-2004) 멋쟁이 노신사의 이미지가 뚜렷한 시인. 1946년부터 시를 발표하였다. 고향은 경남 통영이지만 대구에 살며 학생들을 가르쳤다. 통영 시내 한복판에 가면 그의 동상이 서 있다. 시인의 동상, 흔치 않다.

낙타

눈을 감으면

어린 시절, 선생님이 걸어오신다
회초리를 들고서

선생님은 낙타처럼 늙으셨다
늦은 봄 햇살을 등에 지고
낙타는 항시 추억한다
―옛날에 옛날에―

낙타는 어린 시절, 선생님처럼 늙었다
나도 따뜻한 봄볕을 등에 지고
금잔디 위에서 낙타를 본다

내가 여읜 동심(童心)의 옛이야기가

여기저기

떨어져 있음직한 동물원의 오후

동물원은 어려서만 가는 게 아닌가 봐요. 나이 든 어른들이 더 좋아할 때가 있지요. 어린 시절로 돌아가는 듯한 착각 때문일까요. 금잔디 위에 앉아 봄의 따뜻한 햇볕을 쬐다 보면 이런 시가 절로 나올 것 같습니다.

시인은 자신처럼 옛날을 추억하는 듯 느릿느릿 움직이는 낙타를 바라봅니다. 그 모습에서 어린 시절의 선생님을 떠올리네요.

내게도 낙타 같은 선생님이 있었습니다. 회초리 대신 손오공의 여의봉을 가지고 다니셨지요. 떠드는 아이의 머리를 향해 여의봉을 던지면 '딱-'소리가 교실에 울려 퍼지곤 했습니다.

낙타는 종일 우물거려요. 마치 예전의 일들을 입속에 담고 있다가 모두 다 말해 주려는 듯 말입니다. 한 얘기를 하고 또 합니다. 기억력이 부족해서가 아닙니다. 들려 주고 싶은 이야기가 너무 많기 때문이지요. 선생님은 늘 그런 존재인가 봅니다.

이한직 [1921~1976] 일찍이 시인으로서 재능을 인정받았다. 18세에 박목월, 조지훈 등과 같이 〈문장〉이라는 문학지를 통해 등단하였다. 그때 박목월은 23세였다. 많은 작품을 남기지는 않았으나, 깔끔하고 세련된 품격이 인상적이다.

형님전 상서

형님, 한심한 짓만 골라 저지르며 남의 덕에 밥 먹고 사
는 저는
속 편한 소리 탕탕 합니다
사람 사는 게 어디 돈만 가지고 되는 거냐고
떳떳이 살아가다 보면
밥은 굶지 않게 되어 있다고
배부른 소리만 씨도 안 먹게 지껄이고 앉았습니다
임마, 넌 이 새끼 고생을 덜해서 몰라
그러며 내게 말씀합니다
집구석 와장창 거덜나고
형님과 나 대전으로 유학 나와
밭둑의 쑥 뜯어 국 끓여 먹고
눌어붙은 엊저녁 국수가락 몇 건져 입맛 다시며
학교길 시오리 걸어다니던
중고등학교 자취 시절 말씀합니다
웬수 같지만 하나뿐인 동생인지라

내 수업료 먼저 주고 형님은 등교 정지 먹고
속 모르는 담임한테 뺨때기 얻어맞던 날은
분해서 분해서
독하게 참아온 눈물보가 터지더라는
그 시절 말씀합니다
가슴에 사무치는 그 시절 얘기
꺼낼 적마다 형님은 목이 메고
나도 눈물 핑 돌아
에유, 그만 됐어유, 합니다
그래두 너무 돈 돈 그러지 마유
형님은 돈에 포원이 졌지만
나는 돈에 디근자도 진저리가 나유,
싸가지 없이 쭝얼거립니다
그러다 괜히 서먹해져 형님은 일어서시고
꾀죄죄한 동생놈 꼬라지가 그래도 안쓰러워
눈물겨운 돈 일이만원 부시럭부시럭 꺼내 놓으며

야 임마, 너 담배 좀 어지간히 펴
한마디 쥐어박고 휭 나가십니다
형님의 자린고비 타령도 제 어여쁜 말들도
끝판에는 이 모양으로 다 도루묵이니
이게 바로 그 더럽고 지긋지긋하다는
동기간 정인 모양입니다
까짓놈의 돈이야 번들 대수며 안 번들 별겁니까
이 더럽고 지긋지긋한 것에 몸 푹 담그고 있으면
못 견디게 세상 살맛나고 든든해서
아시겠지요, 그래서 저는 자꾸 어깃장을 놓습니다
깐족깐족 형님께 달려듭니다
가끔은 형님도 그 재미에 억지소리 보태시는 줄
제가 압니다 형님.

에유, 그만 됐어유…… 너무 돈 돈 그러지 마유…… 나는 돈에 디근자도 진저리가 나유.

정겨운 충청도 사투리 속에서 동생과 형의 끈끈한 정이 느껴집니다.

형제가 많으면 나이 차이가 벌어져 형제 사이에도 세대가 집니다. 아버지 같은 형, 엄마 같은 누나, 자식 같은 동생……. 그래서 어릴 때는 나이 차 많은 형에게 어려워 말도 잘 못 꺼냅니다. 그러다가 같이 나이를 먹어 간다고 느낄 때쯤엔 슬슬 대거리를 시작하죠. 그래도 형, 동생 사이가 어디 가나요.

"공부가 뭐라고!" 했던 형님의 말에 눈물 쏟았던 적이 한두 번이 아니었네요. 그런데 지금은 눈물 대신 이런 말이 자연스레 떠오릅니다.

그치요, 형님? 공부 그거 아무것도 아닙니다.

김사인 (1956 -) 충청도 사람 느리다는 말은 그냥 만들어졌으려니 하다가도, 이 사람을 만나면 정말 그런 것 같다. 느린 말 한마디의 사이가 우주의 호흡이라는 것을 알기까지는 시간이 한참 걸린다.

물로 빚어진 사람

김선우

월경 때가 가까워오면
내 몸에서 바다 냄새가 나네

깊은 우물 속에서 계수나무가 흘러나오고
사랑을 나눈 달팽이 한쌍이 흘러나오고
재 될 날개 굽이치며 불새가 흘러나오고
내 속에서 흘러나온 것들의 발등엔
늘 조금씩 바다 비린내가 묻어 있네

무릎베개를 괴어주던 엄마의 몸냄새가
유독 물큰한 갯내음이던 밤마다
왜 그토록 조갈증을 내며 뒷산 아카시아
희디흰 꽃타래들이 흔들리곤 했는지
푸른 등을 반짝이던 사막의 물고기떼가
폭풍처럼 밤하늘로 헤엄쳐 오곤 했는지

알 것 같네 어머니는 물로 빚어진 사람

가뭄이 심한 해가 오면 흰 무명에 붉은,
월경 자국 선명한 개짐으로 깃발을 만들어
기우제를 올렸다는 옛이야기를 알 것 같네
저의 몸에서 퍼올린 즙으로 비를 만든
어머니의 어머니의 어머니들의 이야기

월경 때가 가까워오면
바다 냄새로 달이 가득해지네

무릎베개를 괴어 주던 엄마의 몸냄새, 이 구절만 읽어
도 눈물이 핑 돕니다. 그런데 시인은 엄마라는 말이 전
해 주는 아련한 그리움과 함께 여자의 몸에 대해서도
말하고 있네요. 바다 비린내, 물큰한 갯내음과 함께 시
작되는 첫 월경…… 여자아이는 물내음과 함께 어른이
되어갑니다. 엄마처럼 자신에게서도 물내음이 날 때쯤,
아이는 뒷산 아카시아를 흔드는 그 소란스러운 마음을,
물고기 떼를 밤하늘로 솟구쳐 오르게 만드는 그 두근두
근한 마음을 온몸으로 경험하게 되는 것이지요.

김선우(1970~) 정말 예쁜 시인. 장미의 가시 같이 아프고도 아름다운 시를 쓴다.
여자라는 사람으로 살아가는 일을 쓴다.

긍정적인 밥

시 한 편에 삼만 원이면
너무 박하다 싶다가도
쌀이 두 말인데 생각하면
금방 마음이 따뜻한 밥이 되네

시집 한 권에 삼천 원이면
든 공에 비해 헐하다 싶다가도
국밥이 한 그릇인데
내 시집이 국밥 한 그릇만큼
사람들 가슴을 따뜻하게 덮혀 줄 수 있을까
생각하면 아직 멀기만 하네

시집이 한 권 팔리면
내게 삼백 원이 돌아온다
박리다 싶다가도
굵은 소금이 한 됫박인데 생각하면
푸른 바다처럼 상할 마음 하나 없네

함민복 시인의 작품 중에는 다음과 같은 시도 있습니다.

　손가락이 열 개인 것은
　어머니 뱃속에서 몇 달 은혜 입나 기억하려는
　태아의 노력 때문인지도 모릅니다

　어머니는 아이를 품은 열 달 내내 달고 예쁜 것만 드
신답니다. 그렇게 공들여 고작 남들 다 가진 손가락 열
개 달고 태어난다니 조금은 허망하기도 합니다. 하지만
긍정적으로 한번 생각해 볼까요. 시인이 노래한 것처럼
손가락 마디마디가 어머니의 사랑이고 은혜라면, 그것
만큼 축복받은 일도 없을 거예요. 두 손에 예쁜 손가락
열 개 가지고 태어났다는 건 어머니의 열 달 사랑을 온
전히 받았다는 증거일 테니까요.

이처럼 모든 것은 우리 생각하기 나름입니다. 삼만 원이, 삼천 원이, 삼백 원이 아무것도 아닌 듯 보일 수도 있지만, 한 그릇의 따뜻한 밥이 되고, 국이 된다 생각하면 소중하지 않을 리 없지요. 작은 것도 귀하게 바라볼 줄 아는 시인의 소박한 마음이 참 아름답지 않나요?

함민복[1962~] 산 많은 충청도에서 태어나 바닷가 섬마을에서 사는 시인. 때로 기이한 행동으로 주변 사람을 놀라게 하지만, 천성은 착하고 시 쓰는 것밖에 모르는 소박한 사람이다. 눈물 나는 시가 많아서 그를 좋아하는 독자가 많다.

별들은 따뜻하다

하늘에는 눈이 있다
두려워할 것은 없다
캄캄한 겨울
눈 내린 보리밭길을 걸어가다가
새벽이 지나지 않고 밤이 올 때
내 가난의 하늘 위로 떠오른
별들은 따뜻하다

나에게
진리의 때는 이미 늦었으나
내가 용서라고 부르던 것들은
모든 거짓이었으나
북풍이 지나간 새벽거리를 걸으며
새벽이 지나지 않고 또 밤이 올 때
내 죽음의 하늘 위로 떠오른
별들은 따뜻하다

차디찬 어둠이 끝없이 이어지는 겨울밤의 하늘을 시인
은 가난의 하늘, 죽음의 하늘이라고 표현했네요. 겨울
은, 인생에 비유하면 가장 고통스럽고 혹독한 계절입
니다.

그런데 지금 그 하늘에 한 개의 별이, 아니 별의 무리
가 떠 있습니다. 촉촉하게 눈물이 고인 나의 눈에 그 별
은 친구의 위로처럼 따뜻한 빛으로 다가옵니다. 저 별
마저 없다면 겨울밤의 하늘은 얼마나 더 삭막하고 외로
울까요. 또 우리에게는 무슨 희망이 있을까요.

가끔 지치고 힘들 땐, 우리도 밤하늘의 별들을 바라보
자고요.

외로운 밤하늘을 따뜻하게 밝히는 희망 같은 별을요.

정호승[1950~] 교과서에도 여러 편의 시가 실려 있어서 우리에게 무척 친근한 시
인이다. 쉬운 말과 표현으로 부담 없이 다가오지만, 그 속에는 참 깊은 생각을 담아
놓았다.

우리가 물이 되어

우리가 물이 되어 만난다면
가문 어느 집에선들 좋아하지 않으랴.
우리가 키 큰 나무와 함께 서서
우르르 우르르 비 오는 소리로 흐른다면.

흐르고 흘러서 저물녘엔
저 혼자 깊어지는 강물에 누워
죽은 나무뿌리를 적시기도 한다면.
아아, 아직 처녀인
부끄러운 바다에 닿는다면.

그러나 지금 우리는
불로 만나려 한다.
벌써 숯이 된 뼈 하나가
세상에 불타는 것들을 쓰다듬고 있나니

만 리 밖에서 기다리는 그대여

저 불 지난 뒤에
흐르는 물로 만나자.
푸시시 푸시시 불 꺼지는 소리로 말하면서
올 때는 인적 그친
넓고 깨끗한 하늘로 오라.

우리의 삶은 불처럼 뜨거운 욕망에 휩싸여 있습니다. 젊음의 날의 패기도 열정도 모두 욕망의 하나이지요. 욕망은 끓는 피처럼 타오르는 불처럼 우리의 정신과 삶을 활기차게 합니다. 그런 패기와 열정 없이 산다면 어쩐지 무기력하고 심심할 것 같아요.

하지만 불은 곧 꺼지기 마련이고, 그 뒤에 남는 것은 오직 까만 재뿐입니다. 단단한 뼈조차 타고 나면 한 줌의 가루로 바뀌고 말지요. 허망하지 않나요?

그래서 시인은 그다음을 보자고 말합니다. 불이 아닌 물처럼 살자고 노래합니다.

모든 것을 태우고 허망하게 사라지는 불과 달리, 물은 목마른 이를 살리고 말라 죽어가는 나무를 소생시킵니다. 그리고 조용히 흘러 넓은 바다에 자신을 내맡기지요. 이 얼마나 넉넉하고 행복한 결말입니까. 그러기에 불보다 물이 되어 만나자고, 시인은 노래합니다.

강은교(1945-) 지난 1970년대 우리 시단의 가장 주목할 여류 시인으로 활동하였다. 물의 이미지를 형상화 한 작품들이 널리 알려져 '물의 시인'으로 불린다. 인간이 만날 수 있는 모진 운명의 굴곡을 투명한 서정으로 시화(詩化)하였다.

사랑

그가 십자가에 걸려 펼치고 있는 두 팔을 보라

모두를 품어 안으려는 고통스런 자세

누군가를 사랑하려면 그렇게

내미는 손에 붉은 못 자국이 있어야 한다

그가 가부좌를 틀고 지그시 감고 있는 눈매를 보라

누구나 인정하려는 부드러운 아미*

누군가 사랑하려면 그렇게

안으로 흐르는 눈물이 있어야 한다

* 아미 : 누에나방의 눈썹이라는 뜻으로, 가늘고 길게 굽어진 아름다운 눈썹을 이르는
  말. 미인의 눈썹을 이름.

예수님의 가르침 중에 다음과 같은 내용이 있습니다.

"네가 나에게 공경을 바치기 전에, 먼저 너와 원수진 자에게 가서 화해하고 오라."

부처님도 말합니다.

"상대방에게 억울한 일을 당했다고 해서 굳이 그 억울함을 밝히려고 하지 말라. 그 억울함을 밝히려고 하면 원망하는 마음이 생긴다."

예수와 부처의 사랑은 우리가 따를 수 없는 저 먼 데 있는 게 아니에요. 따라할 수 없는 사랑을 드러내라고 말씀하신 건 더더욱 아니지요. 손에 못이 박혀드는 고통과 터질 듯한 울음을 속으로 꾹꾹 눌러 참는 일은 쉬운 게 아닙니다. 하지만 우리는 그렇게 속으로 깊어질 수 있는 터전을 가지고 태어났어요. 누구나 속 깊은 사람이 될 수 있지요.

박철(1960~) 경기도 김포에서 태어나 줄곧 그곳에서 살았다. 그래서 김포 출신임을 무척 자랑스럽게 생각한다. 자라난 곳 가까이에 해병 부대가 있어서, 해병대에 가고 싶었다고 한다. 하지만 아쉽게도 신체검사를 통과하지 못하였다. 그래도 그는 해병처럼 굳건하고 한결같은 시인이다.

자신감을 가지세요. 그러한 사랑을 품을 수 있게 된다면, 아마 그날부터 여러분의 이마는 태양보다 환하고 예쁘게 빛날 거예요.

수묵 정원 9
—번짐

번짐,
목련꽃은 번져 사라지고
여름이 되고
너는 내게로
번져 어느덧 내가 되고
나는 다시 네게로 번진다
번짐,
번져야 살지
꽃은 번져 열매가 되고
여름은 번져 가을이 된다
번짐,
음악은 번져 그림이 되고
삶은 번져 죽음이 된다
죽음은 그러므로 번져서
이 삶을 다 환히 밝힌다

또 한번—저녁은 번져 밤이 된다
번짐,

번져야 사랑이지
산기슭의 오두막 한 채 번져서
봄 나비 한 마리 날아온다

'번지다'는 어떤 물질이나 기운이 넓게 퍼진다는 뜻을 가진 쉬운 우리말입니다. 그런데 번지다, 번지다……, 이렇게 속으로 되뇌다 보면, 어느 순간 이 말이 낯설어집니다. 참 특이하지요. 쉬우면서도 낯선 말. 번지는 일 자체가 그런가 봅니다.

어느 시인은 이 시에 대해 이렇게 말했습니다.

"번짐은 생장하고 번식하고 소멸하는 지구 생태계의 순환처럼, 그냥 현상이다."

또 다른 시인은 이렇게 말했지요.

"번진다는 말, 참 오랜만이다. 습자지, 스케치북으로 스며들던 먹물과 그림물감, 젖은 붓을 받아들이기 위해 종이는 잘 말라 있다. 그런데 종이가 완전히 말라 있을 때보다, 약간 젖어 있을 때, 잘 번진다. 물기가 있어야 한다. 네가 내게 올 때 나는 물기가 생긴다."

장석남(1965~) 비록 개봉되지는 못했지만, 어느 스님을 소재로 한 영화의 주연배우로도 뽑혔던 시인. 그만큼 인물이 출중하다. 인물만큼 시 또한 출중하게 잘 써서 많은 사랑을 받고 있다.

그러고 보니, 너와 내가 번지고 스며들어 하나가 되고 촉촉해질 때, 정이 넘치고 살 만한 세상이 된다는 말이군요.

시월의 소녀

시월의
소녀는
사과 속에
숨어 있다.

순이는 달음박질쳐가서 숨었고
은하는 사뿐히 걸어가서 숨었다.
선화는 어물어물 새도 몰래 숨었고
춘하는 꽃병 곁에 잠자다가 숨었다.

저 무서운 총알이 오고 가던
저 사과나무밭의 가시 돋친 쇠줄 울타리 타고 넘은
저 사과나무 가지에도
주렁주렁 매어달린 탐스런 사과.

—그럼
사과나무밭으로 가볼까나.

제일 빛나게 익은 큰 것을 따야지
내 사랑하는 소녀가 숨은 사과.

한입 깨물면
내 소녀는 꽃다발 되어 뛰쳐나올 거다.
새까만 사과 씨는 보석처럼 굴러서
흙 속에 숨을 거다.

시월의
소녀는
사과 속에
숨어 있다.

어린 시절, 동네 어느 집 과수원의 사과나무를 본 적이 있습니다. 한두 그루도 아닌 셀 수 없이 많은 나무들이 까맣게 탄 채 서 있었습니다. 전쟁이 끝난 지 15년이나 지난 후였지만, 과수원 주인은 전쟁 때 타 버린 나무들을 정리할 틈도 정신도 없었나 봅니다. 그래서 어린 시절 기억 속 사과나무는 푸른빛이 아닌 늘 검은빛이었습니다.

하지만 시인의 사과나무는 탐스럽고 싱싱하기만 하네요. 아름다운 소녀들이 숨어 있을 것처럼 사과들은 알알이 탐스럽고 빛이 납니다. 전쟁을 온몸으로 겪어내고도 저 사과나무는 시월의 소녀들처럼 빠알간 사과를 어김없이 매달고 있습니다. 시인의 밝은 눈은 전쟁 속에서도 그 아름다움을 놓치지 않았네요.

전봉건(1928~1988) 매우 현대적인 시를 쓴 시인이다. 피아노 치는 모습을 "열 마리씩/ 스무 마리씩/ 신선한 물고기가/ 튀는 빛의 꼬리를 물고/ 쏟아진다"고 표현하였다. 강가에 나가 예쁜 돌을 주워 오는 것을 좋아하였다.

공양

안도현

싸리꽃을 애무하는 산벌의 날갯짓소리 일곱 근

몰래 숨어 퍼뜨리는 칡꽃 향기 육십 평

꽃잎 열기 이틀 전 백도라지 줄기의 슬픈 미동(微動) 두 치 반

외딴집 양철지붕을 두드리는 소낙비의 오랏줄 칠만구천 발

한 차례 숨죽였다가 다시 우는 매미울음 서른 되

'공양'은 웃어른을 모시어 음식을 대접한다는 뜻입니다. 요즘엔 절에서 음식 먹는 걸 뜻하기도 하지요. 밥 먹는 행위에 맑고 거룩한 뜻을 더해 쓰는 말입니다.

시인은 다섯 가지 음식을 마련했네요. 산벌의 날갯짓 소리, 칡꽃 향기, 백도라지 줄기의 가냘픈 움직임, 소낙비, 매미울음…….

벌의 날갯짓은 얼마나 가벼우며, 칡꽃 향기는 얼마나 소박하며, 백도라지 줄기는 얼마나 담백하며, 소낙비는 얼마나 시원하며, 매미울음은 얼마나 솔직한가요. 우리 삶이 이렇게 가볍고 소박하고 담백하고 시원하고 솔직했으면 좋겠습니다. 벌, 칡꽃, 백도라지, 소낙비, 매미울음은 아무리 먹어도 탈나지 않고, 지나치게 배부르지 않고, 해로울 것 없는 자연의 음식이지요.

그렇다고 설마 진짜 먹어 보려는 건 아니겠지요?

안도현(1961~) 시를 참 잘 쓰는 시인. 시인에게 시 잘 쓴다고 말하다니 좀 이상하다. 그러나 축구 선수라고 다 골을 잘 넣지 못하듯이 시인 중에도 실력 차이가 엄연히 있다. 안도현은 시의 골을 잘 넣는 시인이다.

물 桶(통)

김종삼

희미한
풍금 소리가
툭 툭 끊어지고
있었다

그동안 무엇을 하였느냐는 물음에 대해

다름 아닌 인간을 찾아다니며 물 몇 통을 길어다 준 일밖
에 없다고

머나먼 광야의 한복판 얕은
하늘 밑으로
영롱한 날빛으로
하여금 따우*에선

* 따우 : 땅 위

54

요즘엔 수도꼭지만 틀면 물이 콸콸 쏟아지니 물이 얼마나 소중한지 잘 느낄 수가 없어요. 하지만 예전엔 먹을 물도, 씻을 물도, 논에 댈 물도 직접 길어 와야 했어요. 시 속의 화자는 인간을 찾아다니며 물 몇 통 길어다 줬다고 겸손하게 말하고 있지만, 실은 사는 동안 사람들을 위해 진짜 중요한 일을 하고 다닌 것이지요.

소중한 것을 자꾸 잊게 되는 요즘, 소중한 게 무엇인지 말할 수 있을 때 사람은 반짝반짝 빛이 납니다. 이 시는 그렇게 반짝이는 순간을 노래하고 있네요.

김종삼(1921~1984) 시인이면서 음악에도 아주 밝아 라디오 방송의 음악 프로그램을 만들기도 하였다. 「북 치는 소년」이라는 작품을 찾아 읽어 보기를 권한다.

화살

고은

우리 모두 화살이 되어
온몸으로 가자
허공 뚫고
온몸으로 가자
가서는 돌아오지 말자
박혀서
박힌 아픔과 함께 썩어서 돌아오지 말자

우리 모두 숨 끊고 활시위를 떠나자
몇십 년 동안 가진 것
몇십 년 동안 누린 것
몇십 년 동안 쌓은 것
행복이라든가
뭣이라든가
그런 것 다 넝마로 버리고
화살이 되어 온몸으로 가자

허공이 소리친다

허공 뚫고

온몸으로 가자

저 캄캄한 대낮 과녁이 달려온다

이윽고 과녁이 피 뿜으며 쓰러질 때

단 한 번

우리 모두 화살로 피를 흘리자

돌아오지 말자

돌아오지 말자

오 화살 정의의 병사여 영령이여

우리에게도 어려운 시절이 있었습니다. 가난할 때는 가난해서 어려웠고, 먹고 사는 문제가 해결될 즈음엔 민주화를 앞두고 깊은 갈등이 생겼지요.

'화살'은 민주화 운동에 앞장선 투사나 그 과정에서 세상을 뜬 영혼들을 가리키는 말입니다. 1970년대 얘기지요. 과녁을 향해 날아가 돌아오지 않을 각오로 뭉치지 않고서는, 자기가 가진 모든 것을 버릴 각오로 싸우지 않고서는 안 되는 시절이었습니다. 그래서 시인은 온몸으로 가자, 피 흘리며 돌아오지 말자고 소리 높여 외칩니다.

오늘은 그런 희생을 바탕으로 만들어진 것입니다. 그렇다고 모든 게 완성되지는 않았습니다. 시대에 필요한 새로운 과녁은 항상 나타나니까요.

필요한 건 언제나 열려 있는 마음! 미래를 향한 두려움 없는 마음이겠지요.

고은(1933~) 무슨 일을 해도 매우 열정적인 시인. 목소리가 얼마나 우렁찬지, 사람들이 모인 자리에서는 늘 좌중을 압도한다.

철길

김정환

철길이 철길인 것은

만날 수 없음이

당장은, 이리도 끈질기다는 뜻이다.

단단한 무쇳덩어리가 이만큼 견뎌 오도록

비는 항상 촉촉히 내려

철길의 들끓어 오름을 적셔 주었다.

무너져 내리지 못하고

철길이 철길로 버텨 온 것은

그 위를 밟고 지나간 사람들의

희망이, 그만큼 어깨를 짓누르는

답답한 것이었다는 뜻이다.

철길이 나서, 사람들이 어디론가 찾아 나서기 시작한 것

은 아니다.

내리깔려진 버팀목으로, 양편으로 갈라져

남해안까지, 휴전선까지 달려가는 철길은

다시 끼리끼리 갈라져

한강교를 건너면서

인천 방면으로, 그리고 수원 방면으로 떠난다.

아직 플랫포옴에 머문 내 발길 앞에서

철길은 희망이 항상 그랬던 것처럼

끈질기고, 길고

거무튀튀하다.

철길이 철길인 것은

길고 긴 먼 날 후 어드메쯤에서

다시 만날 수 있으리라는 희망을

우리가 아직 내팽개치지 못했다는 뜻이다.

어느 때 어느 곳에서나

길이 이토록 먼 것은

그 이전의, 떠남이

그토록 절실했다는 뜻이다.

만남은 길보다 먼저 준비되고 있었다.

아직 떠나지 못한 내 발목에까지 다가와

어느새 철길은

가슴에 여러 갈래의 채찍 자국이 된다.

제아무리 열망을 가지고 따라가도 철길은 철길, 만날 리가 있나요. 만났다가는 큰일 나지요. 달리는 기차가 뒤집히고 말 거예요. 하지만 우리의 마음이 뒤집히는 것은 한없는 기쁨입니다. 새로운 길은 그때 열릴지 몰라요. 사랑하는 모든 것을 한데 모아 버무리면, 이 길 저 길로 다 지나가는 새로운 길이 생길지도 몰라요.

시인은 만나지 않는 철길을 볼 때마다 새로운 길을 향한 채찍질이라고 생각합니다. 같은 곳을 바라보는 철길은, 당장은 만나기 힘들어도 언젠가 만나게 될 그날을 기다리고 있는 거라고 생각합니다. 우리 민족이 하나가 되는 그날을 말이지요.

김정환(1954~) 서울대학교 영문학과에 입학할 때, 정원 20명 가운데 19등이었다고 한다. 자기 뒤에 한 명이 있었다는 사실을 매우 자랑스럽게 생각한다. 그 한 명은 나중에 유명한 영문학자가 되었는데, 적어도 자신은 그보다 1등 앞섰기 때문이다.

사평역에서

곽재구

막차는 좀처럼 오지 않았다
대합실 밖에는 밤새 송이눈이 쌓이고
흰 보라 수수꽃 눈 시린 유리창마다
톱밥 난로가 지펴지고 있었다
그믐처럼 몇은 졸고
몇은 감기에 쿨럭이고
그리웠던 순간들을 생각하며 나는
한 줌의 톱밥을 불빛 속에 던져 주었다
내면 깊숙이 할 말들은 가득해도
청색의 손바닥을 불빛 속에 적셔 두고
모두들 아무 말도 하지 않았다
산다는 것이 때론 술에 취한 듯
한 두름의 굴비 한 광주리의 사과를
만지작거리며 귀향하는 기분으로
침묵해야 한다는 것을

모두들 알고 있었다

오래 앓은 기침 소리와

쓴 약 같은 입술 담배 연기 속에서

싸륵싸륵 눈꽃은 쌓이고

그래 지금은 모두들

눈꽃의 화음에 귀를 적신다

자정 넘으면

낯설음도 뼈아픔도 다 설원인데

단풍잎 같은 몇 잎의 차창을 달고

밤 열차는 또 어디로 흘러가는지

그리웠던 순간을 호명하며 나는

한 줌의 눈물을 불빛 속에 던져 주었다.

꽁꽁 얼어붙은 역사(驛舍)에는 따뜻하고 환한 불빛이 필요하지요. 톱밥을 난로 속에 던져 넣으면 활활 잘도 타오릅니다. 톱밥은 타닥타닥 타들어가고, 불꽃은 넘실 넘실 휘어지고. 그 불꽃을 바라보며 그리운 옛 생각에 잠긴 사람들의 모습이 눈앞에 훤합니다. 눈이 싸륵싸 륵 쌓이는 깊은 밤, 오지 않는 기차를 기다리며 그들은 무슨 생각을 했을까요? 단풍잎 같은 추억의 순간과 끝 내 눈물이 되고 말 그리운 순간들은 과연 무엇이었을까 요? 그런 순간에는 오히려 말도 잊게 되는 법입니다.

추억을 되새기며 힘을 얻는 사람들과 적막한 시골 역 의 풍경은 쓸쓸하면서도 왠지 모르게 마음을 다독여 주 네요.

곽재구(1954~) 아주 잘생긴 시인. 어느 잡지에 작품을 같이 싣는 기회가 있었는데, 나와 사진이 뒤바뀌고 말았다. 나는 기뻤으나 그는 매우 기분 상했으리라. 물론 아 름다운 마음씨를 가진 그였기에 결코 내색은 하지 않았다.

2장

우정과 사랑, 때로는 기쁘고 때로는 슬픈 고민

그애

함형수

내만 집에 있으면 그애는 배재밖 전신(電信)ㅅ대*에 기댄
채 종시 들어오질 못하였다.

바삐 바삐 새하얀 운동복을 갈아입고 내가 웃방문으로
도망치는 것을 보고야 그애는 우리 집에 들어갔다.

인제는 그애가 갔을 쯤 할 때 내가 가만히 집으로 들어가
얼굴을 붉히고 어머니에게 물으면 그애는 어머니가 권하
는 고기도 안 넣은 시래기 장물에 풋콩 조밥을 말아 맛있
게 먹고 갔다고 한다.

오랜만에 한번씩 저의 어머니의 심부름으로 우리 집에
오던 그애는 우리 집에 오는 것이 좋았나? 나빴나?

퉁퉁한 얼굴에 말이 없던 애― 그애의 이름은 무어라고
불렀더라?

* 전신(電信)ㅅ대 : 전봇대

"안녕하세요? 학원에서 알게 된 저랑 꽤 친한 남자아이가 있거든요. 굉장히 친해요. 그 애는 사자자리고요, 저는 황소자리예요. 어떻게 하면 그 애가 저를 좋아하게 만들 수 있을까요. 친절한 답변 부탁드릴게요."

두근두근, 첫사랑의 마음이네요. 그 마음이 이루어질 수 있을지 별자리 점을 통해서 알아보려는 것이지요. 하지만 그 남자아이는 이미 알고 있을지 몰라요. 사람의 마음은 반드시 전해지는 법이거든요.

문밖에서 들어오지 못하고 서성대던, 이름도 가물가물한 시 속의 소녀나, 소녀가 가고 난 후에 얼굴 빼꼼 내밀고 궁금해하는 어린 시절의 시인이나 서로의 마음을 몰라 애태웠던 풋풋한 우리들의 모습과 크게 다를 바 없네요.

함형수(1914~1946) 무덤 앞에 비석을 세우지 말라고 유언했다. "푸른 보리밭 사이로 하늘을 쏘는 노고지리가 있거든 아직도 날아오르는 나의 꿈이라고 생각하라"는, 「해바라기의 비명」이라는 시가 유명하다. 노고지리는 종다리의 옛말이다.

사랑

정일근

강원도 태백 너덜샘* 펑펑 솟는 맑은 물 위로 그대에게 사랑의 편지 쓰나니, 그 물 흘러 낙동강 일천삼백 리 아득한 물길 따라 흐르고 흘러 그대의 수도꼭지 끝을 찾아가 가슴 두근두근거리며 기다린다면,

그대, 수도꼭지 틀어 한 잔의 물을 받거나 혹은 세숫물 받다가 문득 나를 생각한다면, 그 물 위에 빼곡하게 떠 있는 사랑의 물무늬 읽으며 내 이름 불러 준다면, 그때 그대 귓불 빨갛게 몰운대** 저녁놀로 타오른다면,

* 너덜샘 : 낙동강이 발원하는 샘의 하나
** 몰운대 : 낙동강 하구의 가장 남쪽에 바다와 맞닿은 곳

사랑 참 길기도 합니다. 소중한 사람을 향한 마음은 끝이 없어서 낙동강 일천삼백 리를 지치지 않고 흘러갑니다. 그렇게 흘러가서도 그 사람이 알아봐 줄 때까지 가슴 두근거리며 쉼 없이 기다립니다. 바라는 건 많지 않아요. 어느 날 문득 나를 떠올리기만 한다면, 내 이름을 저 혼자서 가만히 불러 주기만 한다면 그것으로 충분합니다. 그러다가 혹시 만약 나를 떠올리며 귓불이라도 빨갛게 물들인다면!

사랑은 말로 하면 너무 짧고 간단하지만, 말로 표현할 수 없는 마음은 한없이 벅차고 끝이 없습니다. 그러니 사랑이 아름답고 위대한 것이겠지요.

정일근(1958-) 시를 쓰는 일에 이만큼 매진하는 시인도 없을 것이다. 자신의 모든 것을 시 쓰는 일에 바친다고 해도 좋을 시인이다. 「바다가 보이는 교실」 같은 작품이 국어 교과서에 실려 있다.

사랑

김수영

어둠 속에서도 불빛 속에서도 변치 않는
사랑을 배웠다 너로 해서

그러나 너의 얼굴은
어둠에서 불빛으로 넘어가는
그 찰나에 꺼졌다 살아났다
너의 얼굴은 그만큼 불안하다

번개처럼
번개처럼
금이 간 너의 얼굴은

사랑을 노래하는 시는 무궁무진합니다. 이뤄진 사랑을 노래한 시는 우리를 기쁘게 하고, 잃어버린 사랑을 노래한 시는 우리를 슬프게 합니다. 그런데 혹시 이거 아세요? 가장 아픈 사랑의 시는 이룸과 잃음의 한가운데서 나온다는 사실을요. 어둠에서 빛으로 넘어가듯, 사랑에서 이별로 넘어가듯 조마조마한 그 순간에 가장 아프면서도 아름다운 시가 태어납니다.

그러니 부디 사랑을 잃어버렸다고 아파하지는 마세요. 거기서 우리는 사랑의 변주곡을 배우니까요.

김수영(1921~1968) 해방 후 우리나라 시단의 모더니즘을 이끌었던 시인이다. 그러나 4·19혁명이 일어나던 1960년을 전후하여 시의 경향이 크게 바뀐다. 이른바 문학의 현실 참여를 적극적으로 주장하고 나선 것이다. 이후 많은 시인들이 그의 영향을 크게 받았다.

마치……처럼

김민정

내가 주저앉은 그 자리에
새끼 고양이가 잠들어 있다는 거

물든다는 거

얼룩이라는 거

빨래엔 피죤도 소용이 없다는 거

흐릿해도 살짝, 피라는 거

곧 죽어도
빨간 수성 사인펜 뚜껑이 열려 있었다는 거

왜 파랑이 아니라 빨강이냐고요? 궁금하다면 빨래와 피죤을 잘 아는 엄마에게 가서 살짝 물어보세요. 실수로 언니나 누나에게 물어보았다가는 '딱-' 꿀밤을 맞게 될지도 모르니까요.

한 달에 한 번씩 어김없이 찾아오는 이것은 여성에게만 허락된 아름다운 운명이자 특권입니다. 이것을 겪으며 소녀는 여자가 되고, 여자는 엄마가 된답니다. 우리에게 여성이라는 존재의 아름다움과 고귀함을 일깨워주지요. 그래서 비록 그 흔적은 흐릿해도, 더없이 소중합니다. 물론 남들에게는 수성 사인펜 자국이라고 살짝 호들갑을 떨어 보지만요.

김민정(1976~) 아주 화끈한 시인이다. 첫 시집의 제목이 『날으는 고슴도치 아가씨』였다. 여리고 예쁜 시와는 애초 거리가 멀다. 그러나 고슴도치와는 거리가 먼, 여러분에게는 예쁜 언니·누나 시인이다.

자두

이상국

나 고등학교 졸업하던 해

대학 보내 달라고 데모했다

먹을 줄 모르는 술에 취해

땅강아지처럼 진창에 나뒹굴기도 하고

사날씩 집에 안 들어오기도 했는데

아무도 아는 척을 안 해서 밥을 굶기로 했다

방문을 걸어 잠그고

우물물만 퍼 마시며 이삼일이 지났는데도

아버지는 여전히 논으로 가고

어머니는 밭 매러 가고

형들도 모르는 척

해가 지면 저희끼리 밥 먹고 불 끄고 자기만 했다

며칠이 지나고 이러다간 죽겠다 싶어

밤 되면 식구들이 잠든 걸 확인하고

몰래 울 밖 자두나무에 올라가 자두를 따 먹었다

동네가 다 나서도 서울 가긴 틀렸다는 걸 뻔히 알면서도

그렇게 낮엔 굶고 밤으로는 자두로 배를 채웠다

내 딴엔 세상에 나와 처음 벌인 사투였는데

어느 날 어머니가 문을 두드리며

빈속에 그렇게 날것만 먹으면 탈난다고

몰래 누룽지를 넣어주던 날

나는 스스로 투쟁의 깃발을 내렸다

나 그때 성공했으면 뭐가 됐을까

자두야

서울에서 대학을 나와야 사람 노릇할 것 같아 애태웠지만, 가난한 집안 사정으로 대학은커녕 대관령도 못 넘었던 강원도 바닷가의 빡빡머리 소년. 가슴속에 뜨거운 불덩이 하나 안고서 투쟁하던 그 시절, 만약 서울 가서 대학생이 되었다면 지금쯤 뭐가 되었겠느냐고…… 어른이 된 소년은 저 슬픈 밤의 자두에게 묻습니다. 하지만 어쩐지 이제까지 살아온 삶에 아무런 불만이나 미련이 없어 보이네요.

하긴 공부가 전부인가요, 뭐. 소박하게 행복하게 잘 살면 그만인 것을요.

세상에 경칠 큰 사기꾼은 좋은 대학 나온 머리 좋은 사람들 가운데 있더라고요.

이상국(1946~) 산그늘을 벗 삼아 살아야 하는 강원도 산골 출신 시인이다. 강원도 사람을 '강원도 감자 바위'라 흔히 말하지만, 순수하고 때 묻지 않은 소박한 사람을 일러 감자 바위라 한다면, 이 시인은 그렇게 불러 첫손 꼽힐 사람이다.

그릇 1

오세영

깨진 그릇은
칼날이 된다.

절제와 균형의 중심에서
빗나간 힘,
부서진 원(圓)은 모를 세우고
이성의 차가운
눈을 뜨게 한다.

맹목의 사랑을 노리는
사금파리여,
지금 나는 맨발이다.
베어지기를 기다리는
살이다.
상처 깊숙이서 성숙하는 혼(魂)

깨진 그릇은
칼날이 된다.
무엇이나 깨진 것은
칼이 된다.

그릇만이 아니라 마음도 깨지면 날카로워지지요. 제아무리 사랑이라도, 깨진 자리에는 날이 서 있고, 날 선 사랑은 사람의 마음을 벤답니다. 베인 자리는 쓰라리고 아프지요. 그러나 그것이 정말 사랑이라면, 시인은 그 사랑의 날에 베여도 좋다고 말합니다. 상처를 입고 상처 속에서 더 깊이 성숙하리라 노래하네요.

　우리는 늘 아픔 속에서 귀한 것들을 발견하고 좀 더 성숙해지지요. 상처 받는 것을 아파하지 말고, 의연히 받아들여야 하나 봐요. 그러면서 어른이 되는 거겠지요.

오세영(1942~) 초기에는 매우 감각적인 시를 써서 자신의 세계를 만들었고, 점차 자연을 소재로 세상의 무궁한 이치를 표현하려 하였다. 쉬우면서도 깊은 깨달음을 담아, 우리 시의 또 하나 아름다운 경지를 개척한 시인이다.

바다와 나비

김기림

아무도 그에게 수심을 일러 준 일이 없기에
흰나비는 도무지 바다가 무섭지 않다.

청(靑)무우밭인가 해서 나려갔다가는
어린 날개가 물결에 절어서
공주처럼 지쳐서 돌아온다.

삼월달 바다가 꽃이 피지 않아서 서거푼
나비 허리에 새파란 초생달이 시리다.

깊고 푸른 바다를 청무우밭인 줄 알고 내려간 나비처럼, 우리들의 눈도 그리 밝고 튼튼하지 않습니다. 어리고 연약한 나비에게 바다의 무서움을 가르쳐 줄 만큼 세상은 친절하지도 않지요. 바다를 알자면 직접 내려가 부딪쳐 보는 수밖에요. 그러자면 먼저 물결에 젖어도 지치지 않을 만큼 날개를 튼튼히 단련해야겠지요. 그리고 두 눈을 크게 뜨면 언젠가 바다는 바다로 보이고, 청무우밭은 청무우밭으로 보이는 날도 올 겁니다. 그때까지 힘냅시다, 얍!

김기림(1908~미상) 우리나라 근대문학에서 모더니즘의 선구자로 평가 받는 시인이요, 평론가이다. 시집 『기상도』(1936)와 『바다와 나비』(1946)를 발표했으며, 대표적인 문학동인인 '구인회'를 결성하는 데도 앞장섰다. 한국전쟁 중에 납북되어 사망한 것으로 알려져 있다.

다시 첫사랑의 시절로 돌아갈 수 있다면

장석주

어떤 일이 있어도 첫사랑을 잃지 않으리라

지금보다 더 많은 별자리의 이름을 외우리라

성경책을 끝까지 읽어보리라

가보지 않은 길을 골라 그 길의 끝까지 가보리라

시골의 작은 성당으로 이어지는 길과

폐가와 잡초가 한데 엉겨 있는 아무도 가지 않은 길로 걸

어가리라

깨끗한 여름 아침 햇빛 속에 벌거벗고 서 있어 보리라

지금보다 더 자주 미소 짓고

사랑하는 이에겐 더 자주 〈정말 행복해〉라고 말하리라

사랑하는 이의 머리를 감겨주고

두 팔을 벌려 그녀를 더 자주 안으리라

사랑하는 이를 위해 더 자주 부엌에서 음식을 만들어보

리라

다시 첫사랑의 시절로 돌아갈 수 있다면
상처받는 일과 나쁜 소문,
꿈이 깨어지는 것 따위는 두려워하지 않으리라
다시 첫사랑의 시절로 돌아갈 수 있다면
벼랑 끝에 서서 파도가 가장 높이 솟아오를 때
바다에 온몸을 던지리라

바짓가랑이에 튀어 오르는 차가운 빗물, 얼굴을 간질이는 차가운 눈송이, 자전거 바큇살에 반짝이는 햇빛, 그리고 눈부신 순간에 떠오르는 어여쁜 얼굴 하나. 아무리 작은 것이라 해도 '첫' 기억들은 좀처럼 잊히지 않습니다. 모든 처음 것들은 특별하고 소중하거든요.

하지만 소중한 만큼 아쉬움도 많이 남습니다.

아무도 가 보지 않은 길을 걸었더라면,

사랑하는 이에게 좀 더 다정하게 대했더라면,

깨지기를 두려워하지 않고 당당하게 도전했더라면……,

'첫' 순간으로 돌아갈 수 있다면 무엇이든 해 보리라 다짐합니다.

그러니 지금 나의 잃어버린 '첫사랑의 시절'을 살고 있는 그대들.

두려워 말고, 망설이지 말고, 온 마음을 다해 그 아름다운 순간들을 만끽하세요.

장석주(1954~) 시를 쓰면서 문화 운동을 직업 삼아 살아가는 사람이다. 완전주의자의 꿈을 꾸던 젊은 시절을 지나, 완전하지 않아도 아름다운 세상의 흔적을 남기려 애쓰고 있다.

종소리

서정춘

한 번을 울어서
여러 산 너머
가루가루 울어서
여러 산 너머
돌아오지 말아라
돌아오지 말아라
어디 거기 앉아서
둥근 괄호 열고
둥근 괄호 닫고
항아리 되어 있어라
종소리들아

돌아오지 말라고 한들 종소리가 돌아오지 않을까요.
사람도 마찬가지지요. 독하게 마음먹고 떠났다가도 어
느 순간 멋쩍은 미소 지으며 슬그머니 돌아오기 마련
입니다.

　항아리처럼 둥근 괄호 열고 둥근 괄호 닫고 어디 모르
는 데 앉아서 둥근 무릎 꿇고 살아가다가도, 사람이 그
리워 사람에게 돌아오고 마는 우리들 아니던가요. 그러
니 쑥스러울 일도 없지요. 아니, 어쩌면 항아리처럼 웅
크리고 앉아 있는데, 조용히 다가와 손 내미는 사람이
있을지도 모릅니다.

서정춘(1941~) 쉰 목소리로 후배들 앞에서 구성진 노래 부르기를 좋아하는 할아
버지 시인이다. 듣다 보면 그것이 종소리이려니 싶어진다. 시 한 편 한 편을 얼마나
다듬어 쓰는지 이 시에서도 잘 드러난다.

라라에 관하여

오탁번

원주고교 2학년 겨울, 라라*를 처음 만났다. 눈 덮인 치악산을 한참 바라다보았다.

7년이 지난 2월 달 아침, 나의 천정(天井)에서 겨울바람이 달려가고 대한극장 이층 나열(列) 14에서 라라를 다시 만났다.

다음 날, 서울역에 나가 나의 내부를 달려가는 겨울바람을 전송하고 돌아와 고려가요어석연구(高麗歌謠語釋研究)를 읽었다.

---

* 라라 : 러시아 작가 보리스 파스테르나크 소설 『닥터 지바고』의 여주인공

형언할 수 없는 꿈을 꾸게 만드는 바람소리에서 깨어난 아침, 차녀(次女)를 낳았다는 누님의 해산 소식을 들었다.

라라, 그 보잘것없는 계집이 돌리는 겨울 풍차소리에 나의 아침은 무너져 내렸다. 라라여, 본능의 바람이여, 아름다움이여.

데이비드 린 감독의 1965년작 〈닥터 지바고〉. 소설은 세대가 바뀌어도 여전히 읽히지만, 이 영화를 본 사람들은 대개 나이가 지긋하신 분들이에요. OTT를 돌려서라도 반드시 한번 보기를 권합니다. 아니면 이 영화의 주제가라도 한번 들어 보세요.

라라의 테마⋯⋯.

영화에 대해, 음악에 대해, 아니 세상에 대해 다시 생각하게 해 줄 거예요. 지금도 은빛으로 반짝이는 겨울 아침이면 문득 라라를 만나고 싶어집니다.

오탁번(1943~2023) 시면 시, 소설이면 소설 어느 것 하나 빠지지 않는다. 아련한 첫사랑의 아픔을 그린 소설 「저녁연기」는 명작 가운데 하나이지만, 같은 소재를 가지고 "저녁밥을 먹으려고 두레반 앞에 앉으면, 솔가지 타는 내가 배어 있는 어머니의 흰 소매에서는 아련한 저녁연기가 이냥 피어오른다"고 쓴 시 또한 명편이다.

내 마음을 아실 이

김영랑

내 마음을 아실 이
내 혼자 마음 날같이 아실 이
그래도 어디나 계실 것이면

내 마음에 때때로 어리우는 티끌과
속임 없는 눈물의 간곡한 방울방울
푸른 밤 고이 맺는 이슬 같은 보람을
보밴 듯 감추었다 내어 드리지

아! 그립다
내 혼자 마음 날같이 아실 이
꿈에나 아득히 보이는가

향 맑은 옥돌에 불이 달아
사랑은 타기도 하오련만
불빛에 연긴 듯 희미론 마음은
사랑도 모르리 내 혼자 마음은

향 맑은 옥돌에 불이 달아……. 짝사랑으로 가슴을 앓아 본 사람이라면, 누군가를 깊이 그리워해 본 사람이라면 아마 이 구절이 단번에 마음에 와 닿을 거예요.

　사랑은 때로 둔해서, 내가 볼펜으로 꾸욱 눌러도 저를 좋아하는지 알아차리지 못하기도 합니다. 때로는 내 눈에 방울방울 맺힌 눈물과 그리움을 알고서도 모른 척하기도 하지요.

　그러니 사랑을 할 땐 마음을 단단히 먹으세요. 기어이나 혼자 마음으로 끝나더라도, 불빛에 연기인 듯 희미한 마음을 알아주지 않더라도, 상처 받지 않도록 말이에요.

김영랑(1903~1950) 우리 근대시를 대표하는 시인 가운데 한 사람이다. 「모란이 피기까지는」, 「돌담에 속삭이는 햇발」 같은 유명한 시를 남겼다. 〈시문학〉이라는 잡지를 박용철과 함께 펴내며 1930년대 우리 문단의 중심 역할을 하였다.

네가 그리우면 나는 울었다
—편지 10

고정희

길을 가다가 불현듯
가슴에 잉잉하게 차오르는 사람
네가 그리우면 나는 울었다
목을 길게 뽑고
두 눈을 깊게 뜨고
저 가슴 밑바닥에 고여 있는 저음으로
첼로를 켜며
비장한 밤의 첼로를 켜며
두 팔 가득 넘치는 외로움 너머로
네가 그리우면 나는 울었다

너를 향한 기다림이 불이 되는 날
나는 다시 바람으로 떠올라
그 불 다 사그러질 때까지
어두운 들과 산굽이 떠돌며

스스로 잠드는 법을 배우고
스스로 일어서는 법을 배우고
스스로 떠오르는 법을 익혔다

네가 태양으로 떠오르는 아침이면
나는 원목으로 언덕 위에 쓰러져
따스한 햇빛을 덮고 누웠고
달력 속에서 뚝, 뚝,
꽃잎 떨어지는 날이면
바람은 너의 숨결을 몰고와
측백의 어린 가지를 키웠다
그만큼 어디선가 희망이 자라오르고
무심히 저무는 시간 속에서
누군가 내 이름을 호명하는 밤,
나는 너에게 가까이 가기 위하여
빗장 밖으로 사다리를 내렸다
수없는 나날이 셔터 속으로 사라졌다
내가 꿈의 현상소에 당도했을 때
오오 그러나 너는

그 어느 곳에서도 부재중이었다
달빛 아래서나 가로수 밑에서
불쑥불쑥 다가왔다가
이내 바람으로 흩어지는 너,
네가 그리우면 나는 울었다

눈물이여, 덧없는 눈물이여, 나는 영문을 모른다……
(Tears, idle tears, I know not what they mean……). 영
국의 시인 알프레드 테니슨(Alfred Tennyson, 1809~
1892)은 그리움의 눈물을 이렇게 노래했지요.

사랑에는 다른 말이 필요 없어요. 그냥, 불현듯 가슴
에 잉잉하게 네가 차올라 눈물 나는 것. 울면서도 너를
못 잊어 또다시 기다리는 것. 그것이 사랑의 시작이요
끝입니다.

고정희(1948~1991) 매우 힘차고 강렬한 시를 쓴 여류 시인이다. 흔히 여성적인 감
수성이라 말하는 부드러움이라든가 가녀림 같은 것과는 거리가 있었다. 그래서
1980년대 우리 시단의 새로운 경지를 개척했다. 안타깝게도 사고로 일찍 세상을
떠났다.

전화

당신이 없는 것을 알기 때문에
전화를 겁니다.
신호가 가는 소리.

당신 방의 책장을 지금 잘게 흔들고 있을 전화 종소리,
수화기를 오래 귀에 대고 많은 전화 소리가 당신 방을 완
전히 채울 때까지 기다립니다. 그래서 당신이 외출에서
돌아와 문을 열 때, 내가 이 구석에서 보낸 모든 전화 소
리가 당신에게 쏟아져서 그 입술 근처나 가슴 근처를 비
벼대고 은근한 소리의 눈으로 당신을 밤새 지켜볼 수 있
도록.

다시 전화를 겁니다.
신호가 가는 소리.

핸드폰이 없던 시절, 공중전화의 수화기를 들고 남몰래 가슴 졸이던 때가 있었습니다. 가끔 무뚝뚝한 그 애 아버지가 받기라도 하면, 바꿔달라는 말을 하기가 어찌나 힘들었는지 몰라요.

에이, 안 하고 말지!

그러다가도 한 번 더, 또 한 번 더…… 전화하라는 목소리가 내 마음속에서 솟구쳐 오릅니다. 그래서 자꾸만 그 애에게 전화를 걸어요. 받을 수 없다는 사실을 알면서도 말이지요. 아마 그건 그 애에게 거는 전화가 아니라, 내 마음에 말을 거는 것이었나 봅니다. 내 마음에 청구되는 전화비, 만만치 않았습니다.

마종기(1939~) 본디 직업은 의사이다. 의과대학에 다니던 스무 살 때 「해부학 교실」이라는 작품을 써서 문단에 나왔다. 미국에서 의사로 살면서 시를 발표해 왔다. 아버지가 「떡배 단배」를 쓴 아동문학가 마해송이다. 아마도 그런 아버지의 영향을 받았을 것이다.

아니오

신동엽

아니오
미워한 적 없어요,
산 마루
투명한 햇빛 쏟아지는데
차마 어둔 생각 했을 리야.

아니오
괴로한 적 없어요,
능선 위
바람 같은 음악 흘러가는데
뉘라, 색동 눈물 밖으로 쏟았을 리야.

아니오
사랑한 적 없어요,
세계의
지붕 혼자 바람 마시며
차마, 옷 입은 도시 계집 사랑했을 리야.

강한 부정은 긍정이라는 말이 있지요. 사랑하고 있느냐는 질문에 누군가 '아니오'라고 부정한다면, 사실 그건 '네'라는 긍정의 말보다 더 강한 긍정이랍니다.

바람 같은 음악이 흐르는데, 색동 눈물 흘리는 그 마음을 우리는 알고 있습니다. 사랑하고 있느냐는 물음에 차마 '네'라고 답하지 못하고 '아니오'라고 부정하고 마는 안타까운 순간.

신동엽(1930~1969) 장시 「이야기하는 쟁기꾼의 대지」라는 작품을 신춘문예에 투고해 문단에 나왔다. 심사위원을 맡은 서정주 시인이 '대단한 입담꾼'의 등장을 예견했는데, 드디어 장편 서사시 「금강」을 발표해, 우리 시문학사의 금자탑을 세웠다. 이른 나이에 세상을 떠나 안타까움을 주었다.

칼로 사과를 먹다

황인숙

사과 껍질의 붉은 끈이
구불구불 길어진다.
사과즙이 손끝에서
손목으로 흘러내린다
향긋한 사과 내음이 기어든다.
나는 깎은 사과를 접시 위에서 조각낸 다음
무심히 칼끝으로
한 조각 찍어 올려 입에 넣는다.
"그러지 마. 칼로 음식을 먹으면
가슴 아픈 일을 당한대."
언니는 말했었다.

세상에는
칼로 무엇을 먹이는 사람 또한 있겠지.
(그 또한 가슴이 아프겠지)

칼로 사과를 먹으면서
언니의 말이 떠오르고
내가 칼로 무엇을 먹인 사람들이 떠오르고
아아, 그때 나,
왜 그랬을까……

나는 계속
칼로 사과를 찍어 먹는다.
(젊다는 건,
아직 가슴 아플
많은 일이 남아 있다는 건데.
그걸 아직
두려워한다는 건데.)

우리는 종종 무심코 내뱉은 말 한마디로 다른 사람의 가슴을 아프게 합니다. 모르고 한 일인데 뭐 어떠냐고요? 그런 것까지 신경 쓰면서 어떻게 사냐고요? 때로는 알고 저지른 큰 잘못보다 모르고 내뱉은 사소한 한마디가 더 큰 상처를 입히기도 하지요.

시인은 무심코 다른 사람에게 상처를 주는 행동을 '칼로 무엇을 먹인다'고 표현했네요. 입속에 들어간 칼은 여기저기 날카로운 생채기를 남기기 마련이지요. 자기 자신 외에 아무것도 돌아볼 줄 모르는 사람들, 자꾸만 칼로 무언가를 먹이려는 사람들의 손에 칼 대신 이 시 한 편을 꼭 쥐여 주고 싶습니다.

황인숙(1958-) 고양이를 무지무지 좋아해서 '고양이 시인'으로 불린다. 여성스러운 섬세한 감각을 타고났으며, 순수함과 따뜻함을 지닌 시인이다.

3장

여유, 소중한 나에게 주고 싶은 선물

삼학년

미숫가루를 실컷 먹고 싶었다
부엌 찬장에서 미숫가루통 훔쳐다가
동네 우물에 부었다
사카린이랑 슈거도 몽땅 털어넣었다
두레박을 들었다 놓았다 하며 미숫가루 저었다

뺨따귀를 첨으로 맞았다

118

미숫가루 우물에 풀어 원 없이 마시려 했는데, 아뿔싸 모든 게 들통나고 말았네요.

먹튀(먹고 튀기)를 했어야 했는데, 쩝.

이 삼학년짜리 꼬마는 마음속으로 이렇게 생각했을 거예요.

하지만 우물아, 너는 알지? 뺨따귀 맞고도 네 곁을 떠나지 못하고 하염없이 네 속을 들여다보았을 삼학년짜리의 마음을. 이 아이는 그 우물물 마시며 키를 키우고 마음을 키워, 이제는 어엿한 어른이 되었답니다. 그래서 그때 마음을 이렇게 시로 고백하고 있네요.

박성우(1971~) 마른 체구이지만 마음은 얼마나 넉넉한지 모른다. 따뜻한 마음으로 세상을 바라보고 시를 쓰는 시인이다. 가난하지만 사람의 도리와 정을 지키는 생활이 시에서도 그대로 드러난다.

만돌이

윤동주

만돌이가 학교에서 돌아오다가
전봇대 있는 데서
돌재기 다섯 개를 주웠습니다.

전봇대를 겨누고
돌 첫 개를 뿌렸습니다.
— 딱 —
두 개째 뿌렸습니다.
— 아뿔싸 —
세 개째 뿌렸습니다.
— 딱 —
네 개째 뿌렸습니다.
— 아뿔싸 —
다섯 개째 뿌렸습니다.
— 딱 —

다섯 개에 세 개……

그만하면 되었다.
내일 시험
다섯 문제에 세 문제만 하면 —
손꼽아 구구를 하여 봐도
허양 육십 점이다.
볼 거 있나 공 차러 가자.

그 이튿날 만돌이는
꼼짝 못하고 선생님한테
흰 종이를 바쳤을까요
그렇잖으면 정말
육십 점을 맞았을까요.

돌돌돌. 연필을 굴려 점을 쳐 봐도 만돌이가 몇 점을 받았는지 도무지 알 길이 없네요. 부디 육십 점을 무사히 넘기기를 바라 봅니다. 우리 어린 시절, 시험에서 모르는 문제가 나오면 종종 이렇게 연필이나 볼펜을 굴려 답을 점쳐 보곤 했답니다. 그마저도 귀찮을 때는 길이가 가장 길거나 가장 짧은 답을 고르기도 했지요. 공이나 차면서 놀고 싶은데, 시험지가 자꾸 눈앞에 아른거려 애꿎은 돌재기를 뿌리며 점수를 가늠해 보려 했던 만돌이의 마음을 이해할 수 있을 것 같아요.

그렇지만 무슨 수를 써 봐도 결국 시험을 피할 길은 없더라고요. 참말로 공부가 뭔지…… 이것이 우리의 운명인가 봅니다. 그러니 피할 수 없다면 정면으로 한번 부딪쳐 볼 수밖에요.

윤동주(1917~1945) 스물여덟 살의 젊은 나이에 일본의 후쿠오카 형무소에서 옥사했다. 죄명은 독립운동이었다. '하늘을 우러러 한 점 부끄러움이 없기를' 바랐던 그의 순결한 정신은 오늘날 우리에게 어둠 속 등대와 같다.

내가 천사를 낳았다

내가 천사를 낳았다

배고프다고 울고

잠이 온다고 울고

안아달라고 우는

천사, 배부르면 행복하고

안아주면 그게 행복의 다인

천사, 두 눈을 말똥말똥

아무 생각 하지 않는

천사

누워 있는 이불이 새것이건 아니건

이불을 펼쳐놓은 방이 넓건 좁건

방을 담을 집이 크건 작건

아무것도 탓할 줄 모르는

천사

내 속에서 천사가 나왔다

내게 남은 것은 시커멓게 가라앉은 악의 찌끄러기뿐이다

어머니는 자식에게 모든 것을 다 내어 주고도 늘 자신을 낮추어 말씀하십니다. 자신에게는 시커먼 악의 찌끄러기만 남았다고 하시지요. 하지만 사실 모든 어머니는 대천사입니다. 천사 같은 알맹이는 아가에게 몽땅 내어 주고, 찌끄러기만 가진 채 살아도 좋다고 하는 그런 고귀한 마음을 누가 감히 찌끄러기라고 말할 수 있을까요. 그러니 모든 어머니는 대천사입니다.

　우리도 누구나 그렇게 대천사의 아가, 천사인 시절이 있었답니다.

이선영(1964~)　대천사처럼 착한 인상을 지닌 시인이다. "포도 알은 포도 씨를 꼭 물고 있었다 / 포도 씨는 포도 알이 남기는 미래다" 같은 시 구절은 얼마나 절묘한가. 희생함으로써 더 큰 희망과 가능성을 만드는 우리들의 삶. 그것은 내 속에서 천사가 나왔다고 노래하는 것과 같다.

아버지 수염은 지금도 자라고 있을까

윤재철

감옥에 있을 때
형집행정지로 잠시 나와
아버지 초상 치를 때
검사는 부의금 쥐여주며 쫓아나오고
형사 두 명 따라붙을 때
나는 울지 않았다

그러나
마지막 염습할 때
아버지 이미 눈감은
차가운 얼굴 쓰다듬으며
그 하얗고 검은
꺼칠한 수염 어루만지며
울컥 눈물이 났다

그리고 이제 내가 아버지 나이
그때 아버지 입에 쌀알 물려드렸을까

손에 지전 들려드렸을까
그 차가운 얼굴에 꺼칠한 수염은
늘 두 손바닥에 남아 있는데
이제 눈물은 나지 않는다

죽어서도 수염은 자란다는데
흙 덮고 누운 저 따뜻한 어둠 속
아버지의 수염은 지금도 자라고 있을까.

나를 낳았을 적 아버지의 나이가 되어서야, 아버지 돌아가신 그 나이가 되어서야, 우리는 뒤늦게 아버지의 속 깊은 정을 깨닫지요. 무뚝뚝한 줄만 알았는데, 밖으로 돌며 집안일에는 관심조차 없는 줄 알았는데, 눈 감은 아버지의 차가운 얼굴 꺼칠한 수염을 어루만지는 순간 식구들 먹이랴 지키랴 찬바람에 서리 맞으며 고생하셨을 아버지가 눈물처럼 다가옵니다.

세월이 흘러 이제 아버지 모습 떠올려도 눈물은 나지 않지만, 죽어서도 자란다는 수염처럼 돌아가신 아버지는 시인의 마음속에 여전히 살아 있네요.

윤재철(1953~) 고등학교 국어교사로 있으면서 참교육 운동을 벌였고, 이 때문에 투옥되고 해직되었다. 참교육 운동은 전교조 설립으로 이어졌는데, 이 과정에 큰 역할을 하였다. 전교조가 합법화 된 후 교사로 복직하였다.

의자

이정록

병원에 갈 채비를 하며
어머니께서
한 소식 던지신다

허리가 아프니까
세상이 다 의자로 보여야
꽃도 열매도, 그게 다
의자에 앉아 있는 것이여

주말엔
아버지 산소 좀 다녀와라
그래도 큰애 네가
아버지한테는 좋은 의자 아녔냐

이따가 침 맞고 와서는
참외밭에 지푸라기도 깔고
호박에 똬리도 받쳐야겠다

그것들도 식군데 의자를 내줘야지

싸우지 말고 살아라
결혼하고 애 낳고 사는 게 별거냐
그늘 좋고 풍경 좋은 데다가
의자 몇 개 내놓는 거여

꽃도 열매도, 그게 다 의자에 앉아 있는 것이여…… 이렇게 말씀하시는 시인의 어머니가 참말로 시인입니다. 아프고 피곤한 이들에게 편히 쉴 자리를 내어 주는 의자는 그냥 의자가 아니라, 위안이자 행복이지요. 결혼해서 아이 낳고 사는 것 역시 그늘 좋고 풍경 좋은 데다 의자 몇 개 내놓는 것, 서로를 의자 삼아 더불어 사는 것이라고 어머니는 말씀하시네요.

어머니의 의자는 나만을 위한 쉼터가 아닙니다. 참외밭에 지푸라기를 깔고 호박에 따리를 받쳐 의자를 만들어 주듯, 그늘에 내놓은 의자 역시 다른 누군가를 위한 것이지요.

누군가를 위한 이 아름다운 보시(布施). 다른 이에게 베푸는, 작지만 배려 가득한 이 순간이야말로 사람 사는 맛이고 보람입니다.

이정록(1964-) 충청도 진한 향취를 풍기는 천연덕스러운 동네 아저씨 같은 시인이다. 나름 멋을 부려 와이셔츠에 넥타이를 매도, 밝아 오는 새 아침을 맞으며 논으로 나가는 삽자루의 주인 같다.

성탄제

김종길

어두운 방 안엔
바알간 숯불이 피고,

외로이 늙으신 할머니가
애처로이 잦아드는 어린 목숨을 지키고 계시었다.

이윽고 눈 속을
아버지가 약을 가지고 돌아오시었다.

아 아버지가 눈을 헤치고 따 오신
그 붉은 산수유 열매

나는 한 마리 어린 짐생,
젊은 아버지의 서느런 옷자락에
열로 상기한 볼을 말없이 부비는 것이었다.

이따금 뒷문을 눈이 치고 있었다.
그날 밤이 어쩌면 성탄제의 밤이었을지도 모른다.

어느새 나도
그때의 아버지만큼 나이를 먹었다.

옛 것이라곤 찾아볼 길 없는
성탄제 가까운 도시에는
이제 반가운 그 옛날의 것이 내리는데,

서러운 서른 살 나의 이마에
불현듯 아버지의 서느런 옷자락을 느끼는 것은,

눈 속에 따 오신 산수유 붉은 알알이
아직도 내 혈액 속에 녹아 흐르는 까닭일까.

자손을 남기고자 하는 본능이 사랑과 만나는 자리에서 새로운 생명이 태어나지요. 사랑은 가도 본능은 남고, 본능은 불현듯 잃어버린 사랑을 온몸으로 표현합니다. 아버지가 눈 속을 헤치며 따 온 산수유 붉은 열매가 붉은 피 되어 여전히 내 몸 속에 흐르고 있듯이 말입니다.

내가 아버지 나이에 이르렀을 때, 거울에 비친 흰 머리카락을 보며 이런 생각을 했답니다.

너는 우리 집에 왜 왔니. 아버지는 안 오시고, 아버지의 나이만 왜 왔니.

김종길(1926~2017) 시인이면서 영문학자이다. 화려하지 않으나 담담한 필치의 시가 감동을 준다. 아버지의 사랑과 아버지에 대한 그리움을 노래한 이 시는 그의 시적 성과와 분위기를 가장 잘 보여 준다.

아배 생각

뻔질나게 돌아다니며
외박을 밥 먹듯 하던 젊은 날
어쩌다 집에 가면
씻어도 씻어도 가시지 않는 아배 발고랑내 나는
밥상머리에 앉아
저녁을 먹는 중에도 아배는 아무렇지 않다는 듯
― 니, 오늘 외박하냐?
― 아뇨, 올은 집에서 잘 건데요.
― 그케, 니가 집에서 자는 게 외박 아이라?

집을 자주 비우던 내가

어느 노을 좋은 저녁에 또 집을 나서자

퇴근길에 마주친 아배는

자전거를 한 발로 받쳐 선 채 짐짓 아무렇지도 않다는 듯

— 야야, 어디 가노?

— 예……, 바람 좀 쐬려고요.

— 왜, 집에는 바람이 안 불다?

그런 아배도 오래 전에 집을 나서 저기 가신 뒤로는 감감
무소식이다.

흔히 경상도 남자는 무뚝뚝하다고 하지요. 아내에게도 그런다는데, 아들에게는 말해 뭣하겠어요. 좀 다정하게 말해 주면 안 되나? 야속하기만 합니다.

하지만 세월이 흐르면, 어느 순간 밥 먹듯 아배의 욕, 먹고 싶은 순간이 찾아옵니다. 아배의 무뚝뚝한 말, 거친 말 속에 따뜻한 사랑이 담겨 있다는 것을 알기 때문이에요.

안상학(1962~) 안동이 고향이며, 안동 사투리 같은 결이 있고 구수한 시를 쓰는 시인이다. 시만큼이나 사람이 좋아 따르는 이들이 많은데, 스스로는 안동 숙맥이라 그렇다고 털털 웃는다.

어머니

정한모

어머니는
눈물로
진주를 만드신다

그 동그란 광택의 씨를
아들들의 가슴에
심어 주신다

씨앗은
아들들의 가슴속에서
벅찬 자랑
젖어드는 그리움
때로는 저린 아픔으로 자라나
드디어 눈이 부신
진주가 된다
태양이 된다

검은 손이여
암흑이 광명을 몰아내듯이
눈부신 태양을
빛을 잃은 진주로
진주를 다시 쓰린 눈물로
눈물을 아예 맹물로 만들려는
검은 손이여 사라져라

어머니는
오늘도
어둠 속에서
조용히
눈물로
진주를 만드신다

18세기에 쓰인 시조에 '눈물이 진주라면 방울방울 엮어서 우리 님 오신 날에 진주 방석 만들 것'이라는 구절이 있습니다. 님이 오시기를 기다리며 그리움에 한없이 눈물 흘렸을 여인의 모습이 눈에 선합니다. 눈물은 누군가를 향한 사랑이고 그리움이며 더없이 순수한 진심이지요.

시인의 어머니도 그런 마음으로 알알이 진주를 빚고 있네요. 어둠 속에서 조용히, 아무도 모르게, 눈물로 진주를 만드십니다. 그 눈물은 아들들을 향한 사랑이고 한없는 그리움입니다. 자식을 위해 끝없이 눈물 흘리는 우리 어머니들은 그 자체로 밝게 빛나는 진주 보석이네요.

정한모[1923~1991] 시인으로 『아가의 방』이라는 대표 시집이 있고, 학자로 『현대 시론』이라는 대표 저서를 냈다. 문예진흥원 원장, 문화공보부 장관으로 문화 행정을 맡아보기도 하였다.

달 있는 제사

이용악

달빛 밟고 머나먼 길 오시리
두 손 합쳐 세 번 절하면 돌아오시리
어머닌 우시어
밤내 우시어
하아얀 박꽃 속에 이슬이 두어 방울

내 어린 시절의 이야기 하나 꺼내 볼까요? 제삿날이었지요. 그날따라 다른 식구들은 모두 어디 가고, 나와 어머니만 덩그러니 자리를 지키고 있었습니다. 그런 날엔 그냥 넘어가도 좋으련만 어머니는 기어이 상을 차리셨어요.

제사가 무엇인지 미처 알지도 못했던 나는 졸음을 이기지 못해 까무룩 잠들어 버리고, 그 밤 결국 어머니 혼자 제사 지내고 상 치우며 속상해 우셨답니다. 어린 아이가 무슨 제사를 지낼까마는 저 혼자 잠들어 버린 내가 얼마나 야속했을까요? 그 마음은 겪어 보지 않고는 모를 겁니다.

이용악(1914~1971) 매우 서정적인 시를 잘 썼던 시인이다. 가난한 집안에서 태어나 공부 좀 해 보겠다고 일본까지 건너갔지만, 그에게 가장 큰 일은 시 쓰기였다. 해방 후 고향인 북한으로 가 버린 바람에, 많은 작품을 보여 주지 못했다.

역

한성기

푸른 불 시그널이 꿈처럼 어리는
거기 조그마한 역이 있다.

빈 대합실에는
의지할 의자 하나 없고

이따금
급행열차가 어지럽게 경적을 울리며
지나간다.

눈이 오고
비가 오고……

아득한 선로 위에
없는 듯 있는 듯
거기 조그마한 역처럼 내가 있다.

누군가가 나를 조그마한 역, 이라고 부른다면 어떤 마음일까요? 크고 화려한 역이 아니라서 서운할까요? 내 인생이 급행열차가 서지 않는 볼품없는 역 같아 슬플까요?

있는 듯 없는 듯 조그마한 역이지만, 역은 기차를 품어 안고 오가는 사람들을 조용히 받아 줍니다. 있는 듯 없는 듯 고요하기에 누구라도 부담 없이 편하게 머물다 갈 수 있지요. 역은 그들에게 한없이 요긴하고 고마운 존재입니다. 그런 역처럼 있는 듯 없는 듯, 고요하게, 평화롭게, 한세상 사는 것도 괜찮지 않나요?

한성기(1923~1984) 이 시를 대표작으로 남긴 시인이다. 충남과 대전에서 오랫동안 후학을 가르치는 일을 함께 하였다.

낙화

꽃이 지기로소니
바람을 탓하랴

주렴 밖에 성긴 별이
하나 둘 스러지고

귀촉도 울음 뒤에
머언 산이 다가서다.

촛불을 꺼야 하리
꽃이 지는데

꽃 지는 그림자
뜰에 어리어

하이얀 미닫이가
우련 붉어라.

묻혀서 사는 이의
고운 마음을

아는 이 있을까
저어하노니

꽃이 지는 아침은
울고 싶어라.

조지훈 시인의 작품 중에는 명작이 많습니다. 「승무」,
「완화삼」, 「고풍의상」, 「봉황수」 같은 시들 말이에요. 그
런데 이렇게 멋진 시를 본 적이 있나요?

　꽃 지는 그림자 / 뜰에 어리어 // 하이얀 미닫이가 /
우런 붉어라

　이 시는 조지훈 시인의 시 가운데서도 정말 으뜸가는
작품입니다. 시인은 가지에 달려 피어 있는 꽃보다, 한
생을 마감하고 떨어진 꽃에게서 더욱 애잔한 아름다움
을 발견합니다. 어떻게 환하게 핀 꽃보다 져 버린 꽃이
더 아름다울 수 있냐고요? 두 눈이 그 애잔함에 미칠 때
에야 비로소 우리는 진정한 아름다움이 무엇인지 말할
수 있을 거예요.

조지훈(1920~1968) 20세기를 대표하는 시인의 한 사람이다. 박목월, 박두진과 함
께 낸 『청록집』 또한 문학사에 길이 남을 시집이다. 지식인의 사명과 책임을 말한
『지조론』이라는 산문집으로도 유명하다.

낙화

이형기

가야 할 때가 언제인가를
분명히 알고 가는 이의
뒷모습은 얼마나 아름다운가.

봄 한철
격정을 인내한
나의 사랑은 지고 있다.

분분한 낙화……
결별이 이룩하는 축복에 싸여
지금은 가야 할 때,

무성한 녹음과 그리고
머지않아 열매 맺는
가을을 향하여

나의 청춘은 꽃답게 죽는다.

헤어지자
섬세한 손길을 흔들며
하롱하롱 꽃잎이 지는 어느 날

나의 사랑, 나의 결별,
샘터에 물 고이듯 성숙하는
내 영혼의 슬픈 눈.

실패할 것을 두려워하지 않고 덤벼드는 용기.

끝날 것을 두려워하지 않고 온 마음을 바치는 사랑.

그리고 이별 뒤에 만나게 되는 무성한 녹음과 성숙의 열매.

그건 오직 인생의 봄날을 사는 청춘들에게만 허락된 축복입니다.

그러니 청춘들, 실패해도 밑져야 본전! 두려워 말고, 주저하지 말고 과감해지세요.

이별이 찾아오면 잠시 슬퍼질 것이나, 비 온 뒤에 땅이 굳듯 내 영혼은 한층 더 성숙해질 테니까요.

이형기(1933~2005) 시 좀 쓴다는 사람은 많지만 이 시인만큼 일찍 그 재주를 발휘한 이는 드물다. 1949년, 열여섯 살 까까머리 고등학생 시절에 문단에 데뷔했다. 인간의 근원적인 고독과 허무함을 노래한 시는 불교적인 세계와도 가깝다.

인생

권대웅

구름을 볼 때마다
달팽이가 지나가는 것 같았습니다
느릿느릿 지게를 짊어진 할아버지처럼

밤하늘의 달을 볼 때마다
세간이 줄었다 늘었다 하는 것 같았습니다
흥했다 망했다 살다 간 아버지처럼

그렇습죠 세상에
내 것이 어디 있겠어요

하늘에 세 들어 사는
구름처럼 달처럼
모두 세월에 방을 얻어 전세 살다 가는 것이겠지요

우리는 종종 할아버지처럼 살고 싶지 않아, 아버지처럼 살지 않을 거야, 라고 생각하곤 합니다. 그러다가 어느 순간 꿈꾸던 삶 대신 그토록 원치 않았던 삶을 살고 있는 자신을 발견하게 되지요. 하지만 저 구름도 저 달도 하늘에 세 들어 사는 거라던 시인의 노래처럼 우리들 모두 세월이라는 방에 잠시 머물다 가는 나그네라면, 인생이 내 뜻대로 흘러가지 않는다고 안타까워할 필요도 없을 것 같네요.

　다만 지나치게 허망에 빠지지는 마세요. 구름으로 담을 쌓고 달로 지붕을 얹어, 내 작은 한 몸 머물다 갈 예쁜 집 같은 삶을 한번 지어 보자고요.

권대웅(1962~) 털털한 쌀집 아저씨 같이 생긴 시인. 마음씨도 그렇게 넉넉하다. 부지런히 시를 쓰지만, 사람들에게 잘 보여 주지는 않는다. 겸손한 성격 탓이리라.

조등

남진우

장례식장에 걸린 조등 하나
바람도 없는데 잠시 흔들리다 멈춘다

죽은 이의 입김이 스쳐 지나간 걸까
죽은 이의 눈빛이 머물다 간 걸까

산 사람들만이 부산히 오가는 장례식장 입구
아무도 지켜보지 않는 조등 하나

누군가에게 전할 말이 생각난 듯
잠시 흔들리다 멈춘다

저승사자가 등불을 들고 찾아와 떠나는 이의 먼 길을 밝히려 합니다. 그가 걸어갈 어두운 길에 흔들리는 등불만이 오직 하나뿐인 위로이지요. 아무도 지켜보지 않는 조등 하나 가만히 들여다봅니다. 눈 한 번 깜빡하는 짧은 순간, 불빛이 흔들리다 멈추네요. 인생이란 잠시 흔들리다 멈추는 등불처럼 그렇게 눈 깜빡할 사이에 지나가고 맙니다. 그러기에 이 인생 후회 없이 아름답게 살다 가자고 더욱 다짐합니다.

남진우(1960~) 영화배우를 해도 손색이 없을 만큼 잘생긴 시인. 잘생긴 얼굴만큼 시도 잘 쓴다. 도시적인 모더니티의 시풍이 매력적이다.

목계장터

하늘은 날더러 구름이 되라 하고
땅은 날더러 바람이 되라 하네
청룡 흑룡 흩어져 비 개인 나루
잡초나 일깨우는 잔바람이 되라네
뱃길이라 서울 사흘 목계 나루에
아흐레 나흘 찾아 박가분 파는
가을볕도 서러운 방물장수 되라네
산은 날더러 들꽃이 되라 하고
강은 날더러 잔돌이 되라 하네
산 서리 맵차거든 풀 속에 얼굴 묻고
물여울 모질거든 바위 뒤에 붙으라네
민물 새우 끓어 넘는 토방 툇마루
석삼년에 한 이레쯤 천치로 변해
짐 부리고 앉아 쉬는 떠돌이가 되라네
하늘은 날더러 바람이 되라 하고
산은 날더러 잔돌이 되라 하네

박목월의 「산이 날 에워싸고」와 정희성의 「저 산이 날 더러」와 비슷한 풍의 시입니다. 박목월 시인은 "산이 날 에워싸고 / 씨나 뿌리며 살아라 한다 / 밭이나 갈아라 한다"고 노래했고, 정희성 시인은 "산이 날더러는 흙이 나 파먹으라 한다 / 날더러는 삽이나 들라 하고 / 쑥 굴 헝에 박혀 쑥이 되라 한다"고 노래했지요.

이 시에서는 조금 다른 분위기가 느껴지지 않나요? 앞의 시보다 더 여유롭고 한가한 시골 풍경을 그린 듯 합니다. 아마 민요풍의 시여서 그런가 봐요.

자, 그럼 우리 저 혼자 방글거리는 어여쁜 들꽃이 될 까요? 아님 잔돌이 되어 굴러 볼까요?

신경림(1936~2024) 우리나라 시의 품격을 한 단계 끌어올린 시인이다. 특히 1970 년대에 발간한 시집 『농무』는 이미 고전이 되었다. 위 시는 『농무』 이후 보다 원숙 해진 시인의 솜씨를 보여 주는 대표작이다.

4장

자존감, 마음이 이끄는 대로 움직일 결심

떨어져도 튀는 공처럼

정현종

그래 살아 봐야지
너도 나도 공이 되어
떨어져도 튀는 공이 되어

살아 봐야지
쓰러지는 법이 없는 둥근
공처럼, 탄력의 나라의
공처럼

가볍게 떠올라야지
곧 움직일 준비되어 있는 꼴
둥근 공이 되어

옳지 최선의 꼴
지금의 네 모습처럼
떨어져도 튀어 오르는 공
쓰러지는 법이 없는 공이 되어.

쓰러지지도 않고 콩콩 가볍게 튀어 오르는 공. 이 시는
그런 공 같은 투지와 끈질김으로 한 세상 살아 보자는
다짐입니다. 우리는 일이 뜻대로 되지 않을 때마다 내
가 부족해서 그런 줄로만 생각합니다. 그래서 뜻을 이
루기 위해서는 내 의지나 노력 말고 다른 무언가가 더
필요하다고 생각하지요. 그런데 시인은 이렇게 말합니
다. 내 몸이 탄력의 나라라고요. 땅에 떨어져도 쓰러지
거나 주저앉지 않고 콩콩, 다시 튀어 오르는 공 같은 탄
력을 지니고 있다고요. 그러니 이루어지지 않았다 낙담
하지 말고, 공처럼 다시 튀어 오르자고요. 하늘을 향해
콩콩, 너도 나도 튀어 올라 보자고요.

정현종(1939~) 깨달음을 담은 감각적인 시가 많다. 가르치려 들지 않고, 세상 참
놀랍다, 이렇게 순수하게 감탄할 줄 아는 시인이다. 감탄 속에는 우리가 진정 몰랐
던 삶의 숨은 뜻이 담겨 있다. 백발이 너무 멋진 시인.

아직 촛불을 켤 때가 아닙니다

신석정

저 재를 넘어가는 저녁 해의 엷은 광선들이 섭섭해 합니다
어머니 아직 촛불을 켜지 마세요
그리고 나의 작은 명상의 새 새끼들이
지금도 저 푸른 하늘에서 날고 있지 않습니까?
이윽고 하늘이 능금처럼 붉어질 때
그 새 새끼들은 어둠과 함께 돌아온다 합니다

언덕에서는 우리의 어린 양들이 낡은 녹색 침대에 누워서
남은 햇볕을 즐기느라고 돌아오지 않고
조용한 호수 위에는 인제야 저녁 안개가 자욱이 나려오
기 시작하였습니다
그러나 어머니 아직 촛불을 켤 때가 아닙니다
늙은 산의 고요히 명상하는 얼굴이 멀어가지 않고
머언 숲에서는 밤이 끌고 오는 그 검은 치맛자락이
발길에 스치는 발자욱 소리도 들려오지 않습니다

멀리 있는 기인 뚝을 거쳐서 들려오던 물결소리도 차츰
차츰 멀어갑니다
그것은 늦은 가을부터 우리 전원을 방문하는 까마귀들이
바람을 데리고 멀리 가버린 까닭이겠습니다
시방 어머니의 등에서는 어머니의 콧노래 섞인
자장가를 듣고 싶어하는 애기의 잠덧이 있습니다
어머니 아직 촛불을 켜지 마세요
인제야 저 숲 너머 하늘에 작은 별이 하나 나오지 않았습
니까?

시인이 살았던 시대는 우리 민족의 암흑기, 바로 일제 강점기였지요. 그런데 시인의 목소리에 가만히 귀 기울여 보세요. 모두가 어둠이 찾아왔다고 울부짖는 그 순간, 시인은 아직 내 생각들이 저 푸른 하늘에서 날고 있다고, 어둠이라는 검은 치맛자락 소리가 아직은 들리지 않는다고, 그러니 촛불을 켤 때가 되지 않았다고 희망을 노래하네요. 이토록 어둡고 암울한 시대에도 시인의 하늘에는 밝게 빛나는 작은 별 하나가 떠올라 있습니다.

신석정(1907~1974) 들이 넓은 전북 부안에서 나고 자랐기 때문인지, 전원의 아름다움을 노래한 시가 많다. 그러나 그 아름다움 속에 숨은 슬픈 정서가 더 소중하다. 시인이 살았던 시대가 그랬기 때문이다.

바람에게도 길이 있다

천상병

강하게 때론 약하게
함부로 부는 바람인 줄 알아도
아니다! 그런 것이 아니다!

보이지 않는 길을
바람은 용케 찾아간다.
바람길은 사통팔달(四通八達)*이다.

나는 비로소 나의 길을 가는데
바람은 바람길을 간다.
길은 언제나 어디에나 있다.

---

* 사통팔달(四通八達) : 도로나 교통망, 통신망 따위가 이리저리 사방으로 통함.

보이지도 만져지지도 않아서 아무것도 아닌 줄 알았던 바람. 이리저리 함부로 불어대는 줄 알았던 그 바람에 게도 길이 있다는 사실, 알고 있나요? 바람은 보이지도 않는 자신의 길을 용케 찾아갑니다. 바위에 부딪히고 빌딩숲에 가로막히면, 방향을 바꿔 또 다른 길을 찾아 내지요. 바람은 길이 없다고 주저앉지 않아요. 그래서 바람길은 사통팔달(四通八達)입니다.

　벽에 가로막혀 앞이 보이지 않을 땐 길을 찾는 바람의 소리에 살며시 귀 기울여 보세요. 사각사각, 휘잉휘잉, 소소소소…… 마음을 비우고 그 소리를 따라가다 보면 어느새 바람처럼 새로운 길을 찾아 걷고 있는 나를 발 견하게 될 테니까요.

천상병(1930~1993) 세상 사람들은 '천상병은 천상 시인이다'라고 말한다. '천상'은 '천생(天生)'을 잘못 쓴 말이지만 '이미 정하여진 운명처럼 타고난 시인'이라는 뜻이 된다. 아니면 천상(天上), 곧 하늘 위에 사는 시인이란 말인지도 모른다.

사랑스런 추억

봄이 오던 아침, 서울 어느 조그만 정거장에서
희망과 사랑처럼 기차를 기다려,

나는 플랫폼에 간신한 그림자를 떨어뜨리고,
담배를 피웠다.

내 그림자는 담배 연기 그림자를 날리고
비둘기 한 떼가 부끄러울 것도 없이
나래 속을 속, 속, 햇빛에 비춰, 날았다.

기차는 아무 새로운 소식도 없이
나를 멀리 실어다 주어,

봄은 다 가고—동경(東京) 교외 어느 조용한
하숙방에서, 옛 거리에 남은 나를 희망과
사랑처럼 그리워한다.

오늘도 기차는 몇 번이나 무의미하게 지나가고,

오늘도 나는 누구를 기다려 정거장 가까운 언덕에서 서
성거릴 게다.

—아아 젊음은 오래 거기 남아 있거라.

기차를 타고 멀리 떠나 살아 본 사람은 금방 압니다. 이부자리가 낯설어 잠이 오지 않는 밤을 겪어 본 사람은 금방 압니다. 정든 곳 떠나 홀로 된 이의 슬픔을요.

떠나고 나서야 그 소중함을 알게 된다고 하지요. 먼 곳으로 실어다 줄 기차를 희망과 사랑처럼 손꼽아 기다리던 시인은, 이제 정든 옛 거리에 남은 그 시절의 젊은 나를 추억하며 희망과 사랑처럼 그리워하고 있네요. 그래서 되지도 않을 투정을 부려 봅니다.

기차에 실려 가듯 떠나가 버린 내 젊음아, 사랑스런 옛 추억아, 너는 오래 거기 남아 있어라.

윤동주(1917~1945) 일본 유학 중 독립운동 혐의로 체포되어 옥에서 숨을 거둔 청년 시인. 우리에게는 영원한 '하늘과 바람과 별'의 시인이다. 이 시는 1942년 봄, 그가 도쿄(東京)에서 처음 유학 생활을 시작할 때 쓴 작품이다.

다리

고운기

내 고향에는 삼백 년쯤 되었다는 다리가 있다. 마을 사람들은 한 갑자(甲子)가 돌 때마다 비석을 세워 주었다. 내가 어렸을 때 비석이 다섯 개였다. 아이들은, 미역 감는 철이면 다리에서 한 번 뛰어내려야 그날부터 남자로 쳐줬다. 다리를 건너면 기차역으로 가는 신작로가 나오고, 남자들은 다리를 건너고 기차를 타고 서울로 갔다.
나도 그 다리를 건너갔다.

나는 가끔 다리를 찾아간다
다리를 건너오면 나는 어린 아이다
마을의 형들이, 너 아직 남자 아니다, 자기들끼리만
개울로 몰려간다
나도 한 번은 다리에서 뛰어내려야 한다
푸르고 맑은 물속으로 두려움을 이겨내고

다리 아래까지
밀물이 몰려오고 몰려나가곤 했다

다리를 건너가면
아마도 검푸르고 깊은 바다가 있을 것이었다, 전설처럼
검고 푸른 소식을 전해 주곤 했다.

아, 내가 쓴 시에는 쑥스러워 말을 못 붙이겠습니다. 그
래도 한마디만 할게요.

"너 아직 남자 아니다" 귀 울음처럼 남아 있는 말. 그
말이 왜 그다지도 귓가에 박혔던지 모르겠어요. 남자의
자존심 때문일까요. 그렇게 발끈해 두 눈 딱 감고 다리
에서 뛰어내리며 우리는 컸나 보네요.

아 참, 한 갑자(甲子)는 육십 년을 말합니다. 비석이
다섯 개 서 있었다면 삼백 년 이상 된 셈이지요.

고운기[1961~] 대학 재학 중 신춘문예를 통해 문단에 데뷔한 이후, 한국 고전문학
을 공부하며 시인으로서도 꾸준히 활동해 왔다. 이 책의 편찬자이며, 삼국유사와
관련된 많은 책을 냈다.

첫사랑

고재종

흔들리는 나뭇가지에 꽃 한번 피우려고
눈은 얼마나 많은 도전을 멈추지 않았으랴

싸그락 싸그락 두드려 보았겠지
난분분* 난분분 춤추었겠지
미끄러지고 미끄러지길 수백 번,

바람 한 자락 불면 휙 날아갈 사랑을 위하여
햇솜 같은 마음을 다 퍼부어 준 다음에야
마침내 피워낸 저 황홀 보아라

봄이면 가지는 그 한 번 덴 자리에
세상에서 가장 아름다운 상처를 터뜨린다

*   난분분(亂紛紛) : 어지럽게 흩어지며 내리는 모양

이루어지지 않은 사랑만큼 독한 상처가 있을까요. 아마
도 시인은 구급약상자 열기를 수백 번쯤 했을 겁니다.
더욱이 첫사랑은 가지 끝을 두드리는 눈꽃 같은 거예
요. 단 몇 초간 내려앉았다가 끝끝내 미끄러지고 말 것
임을 알면서도, 그 사랑의 순간이 안타까워, 햇솜 같은
하아얀 마음을 다 부어 준답니다.

　난분분 난분분, 사랑을 잃은 눈송이가 춤추듯 떨어집
니다. 어지럽게 흩어지며 미끄러지며, 마지막 내려앉았
던 그 가지 끝에 아름다운 상처처럼 꽃을 피우겠지요.

고재종(1959~) 시에 대한 강한 애착이라면 이 시인을 빼놓을 수 없다. 시 하나에
목숨을 걸겠다는 시인 중에서도 더욱 그렇다. 문학잡지의 편집자로서도 많은 활약
을 하였다.

겨울 바다

김남조

겨울 바다에 가 보았지
미지의 새
보고 싶던 새들은 죽고 없었네

그대 생각을 했건만도
매운 해풍에
그 진실마저 눈물져 얼어 버리고

허무의 불 물이랑 위에
불붙어 있었네

나를 가르치는 건
언제나 시간
끄덕이며 끄덕이며 겨울 바다에 섰었네

남은 날은 적지만
기도를 끝낸 다음 더욱 뜨거운

기도의 문이 열리는
그런 영혼을 갖게 하소서

겨울 바다에 가 보았지
인고(忍苦)의 물이
수심(水深) 속에 기둥을 이루고 있었네

진실마저 눈물져 얼어 버리고…….

이 구절 하나로 아버지 어머니 세대의 감성을 세차게 때렸던 시예요.

겨울 바다를 본 적이 있나요? 절망과 고통으로 견디기 힘든 순간에는 겨울 바다를 한번 찾아가 보세요. 바다 속에 기둥을 이룰 만큼 오랜 시간 고통을 삼키며 인내해 온 바다를 보면, 다시 일어서서 삶과 맞설 용기를 얻게 된답니다. 나를 가르치는 건 시간. 그리고 인고(忍苦)의 세월을 견뎌 온 수많은 영원불멸의 것들이지요.

김남조(1927~2023) 언제나 곱게 나이 든 할머니 시인으로 남아 있을 줄 알았다. 데뷔 이후 맑고 고운 서정시를 많이 썼고, 여류 시인으로서 하나의 경지를 개척하였다. 시와 함께 깨끗한 심성이 드러나는 에세이를 써서 독자들에게 깊은 인상을 남겼다.

'94 KEUM D.W.

과수원

이수익

1

과수원에 가면
나도 한 마리 벌레가 되고 싶다.

해맑은 아침이슬 먹고
푸른 달빛 먹고
흠뻑 향기가 무르익어가는
과일과 과일,
그 열망에 빛나는 눈빛 사이를
느리게 아주 느리게
기어다니고 싶다.

2

과수원에 바람 부는 날은 잎새에 매달려 춤이나 추고
과수원에 비 내리면 후둑후둑 빗소리에 가슴을 열고
과수원에 번개 치는 날은 깜깜한 맹목으로 엎드려 있으
면서
나도 자랄 것이다, 조금씩 키가 크는 아이처럼.

3

그리고 마침내
단물이 흘러넘쳐 무거워진
과일이 제 무게를 견디지 못해 뚜욱 뚝
떨어져 내리면

나도 떨어져 스밀 것이다, 부드러운 흙 속에
내 향기로운 몸을 묻으면서,

으악. 내가 좋아하는 과일에 징그러운 벌레가 붙어 있다니. 벌레도 달콤하고 아삭한 건 귀신같이 아나 봅니다. 꿀처럼 다디단 과일 속에 어김없이 들어가 있는 걸 보면 맛을 알아보는 눈은 사람보다 나을지도 몰라요.

　가끔은 복잡한 일들 다 잊고, 아침이슬 푸른 달빛 먹고 자란 과일 속을 한 마리 벌레처럼 느릿느릿 기어다니며 그 달콤한 향기에 취해 보고 싶습니다. 바람 부는 날 잎새에 매달려 춤이나 춰 보고 싶습니다. 부드러운 저 흙 속에 향기로운 몸을 묻고 그렇게 한번 살아 보고 싶어요.

이수익(1942~) 애련한 서정시를 썼다. "한 마리의 새가 공중을 날기 위해서는, 바람 속에 부대끼며 뿌려야 할 수많은 열량들이 그 가슴에 늘 충전되어 있지 않으면 안 된다"는 구절이나, "우체국에 가면 잃어버린 사랑을 찾을 수가 있을까"와 같은 구절이 유명하다.

연필로 쓰기

정진규

한밤에 홀로 연필을 깎으면 향그런 영혼의 냄새가 방 안
가득 넘치더라고 말씀하셨다는 그분처럼 이제 나도 연필
로만 시를 쓰고자 합니다 한 번 쓰고 나면 그뿐 지워 버
릴 수 없는 나의 생애 그것이 두렵기 때문입니다 연필로
쓰기 지워 버릴 수 있는 나의 생애 다시 고쳐 쓸 수 있는
나의 생애 용서받고자 하는 자의 서러운 예비 그렇게 살
고 싶기 때문입니다 나는 언제나 온전치 못한 반편 반편
도 거두어 주시기를 바라기 때문입니다 연필로 쓰기 잘
못 간 서로의 길은 서로가 지워 드릴 수 있기를 나는 바
랍니다 떳떳했던 나의 길 진실의 길 그것마저 누가 지워
버린다 해도 나는 섭섭할 것 같지가 않습니다 나는 남기
고자 하는 사람이 아닙니다 감추고자 하는 자의 비겁함
이 아닙니다 사랑하는 까닭입니다 오직 향그런 영혼의
냄새로 만나고 싶기 때문입니다

한밤에 홀로 연필을 깎으며 시를 썼다는 그분은 박목월 시인이에요. 「나그네」라는 시로 유명한 청록파 시인 가운데 한 사람이지요. 그분을 따라 이 시의 시인 역시 연필로 시를 쓰겠다 말합니다. 감추려 하는 자의 비겁함이라고요? 지워 버리려는 나약함이라고요?

시인은 '사랑하는 마음' 때문이라고 노래하네요.

비밀스런 사랑의 말 꾹꾹 눌러 쓰다가 들킬까 부끄러워 얼굴 붉히고 마는 마음,

못난 말 다 지워버리고 향그런 영혼의 냄새로만 만나고 싶은 마음,

떳떳했던 나의 길, 나의 진심 다 지워져 전해지지 않는다 해도 섭섭하지 않을 그 마음…….

누군가를 진심으로 사랑해 본 사람만이 알 수 있을 그런 순수한 마음이지요.

향그런 그 냄새를 맡을 수만 있다면, 나 또한 지금 연필을 깎고 싶습니다.

정진규(1939~2017) 넉넉한 웃음과 눈가의 주름살이 편안한 할아버지 같은 시인이었다. 문학잡지를 발행하며 시단의 발전에도 공헌하였다. 붓글씨에 일가견이 있어, 솜씨가 시에 못지않다.

우리들 시대의 아들아

홍윤숙

아들아
가시철망에 찢어진
아침 햇살을 보라

유혈(流血)하는 햇살의 비명
비명을 분쇄하는
바람의 포격을 보라

긴 밤
불면의 겨울 숲을 헤쳐나온
기아(飢餓)의 새
새들이 떼 지어 사살되는 건
그들이 매도하지 않는 날개 때문이다

이 아침 살아남아
살아남아 노래하는 건
오직 너,

너의 팽팽한 가슴
근육마다 튕기는 고발(告發)의 탄력

아들아
오늘도 무거운 장총엔
충분한 실탄
배낭엔
꿈도 가득 채웠는가

포위망을 뚫고
가시철망을 끊으며
녹슨 빗장을 젖히는 손

내일을 여는
확신의 손에
끝없이 밝은 집단의 햇살이 튄다

어디서나 쏟아지는 함성이 되고
어디서나 산화하는 꽃잎이 되는
우리들 시대의 아들아

너 가는 천지
굽이쳐 강물로 흐르는 내 사랑은
아픈, 맨발의 백의종군
날마다 희디흰 붕대를
가슴에 감는다

어머니는 결코 따뜻한 말, 다정한 목소리로 속삭이지만 은 않아요. 때로는 가시 철망에 찢어진 아침 햇살, 비명 을 분쇄하는 바람의 포격처럼 세상과 싸우라고 말합니 다. 하지만 단호하고 냉정한 그 한마디 한마디에 어머 니의 눈물 같은 사랑이 묻어나는 것을 알고 있나요?

　싸워 이기라 차갑게 말해 놓고, 혹여 다칠까 무너질 까 가슴 졸이며 몰래 뒤따르는 어머니의 마음을 말이에 요. 어머니의 사랑은 천지를 굽이쳐 흐르는 강물이 되 어, 아들 가는 걸음걸음을 남몰래 지켜 준답니다. 애타 는 마음, 상처난 발에 희디흰 붕대를 칭칭 감고서도 그 렇게 우리 뒤를 따르며 응원하고 있답니다.

홍윤숙(1925~2015) 생의 마지막까지 문단의 원로 여류 시인으로 활동했다. 여성 적인 감수성이 가녀리고 애달픈 데만 있지 않다는 것을 보여 주었다. 강한 모성애 와 끈질긴 생활력이 시에 드러난다.

당신의 이름을 지어다가 며칠은 먹었다

박준

이상한 뜻이 없는 나의 생계는 간결할 수 있다 오늘 저녁
부터 바람이 차가워진다거나 내일은 비가 올 거라 말해
주는 사람들을 새로 사귀어야 했다.

얼굴 한번 본 적 없는 이의 자서전을 쓰는 일은 그리 어
렵지 않았지만 익숙한 문장들이 손목을 잡고 내 일기로
데려가는 것은 어쩌지 못했다

'찬비는 자란 물이끼를 더 자라게 하고 얻어 입은 외투의
색을 흰 속옷에 묻히기도 했다'라고 그 사람의 자서전에
쓰고 나서 '아픈 내가 당신의 이름을 지어다가 며칠은 먹
었다'는 문장을 내 일기장에 이어 적었다

우리는 그러지 못했지만 모든 글의 만남은 언제나 아름
다워야 한다는 마음이었다

어쩌면 시인은 '얼굴 한번 본 적 없는 이의 자서전을 쓰는 일'로 '생계'를 삼은 적이 있었던 것 같습니다. 시인이 시만 써서 먹고 살기는 현실적으로 가능하지 않기 때문이지요.

그러나 시인은 애써 이런 글 팔아먹는 일을 부끄러워하지 않기로 합니다. 새로 사귄 사람들과 익숙해지기로 하지요. 심지어 그들을 내 안으로 불러들이기까지 합니다. 글의 만남은 언제나 아름다워야 한다고 여기는 마음씨가 얼마나 갸륵합니까.

그런데 시인이 생계 삼아 쓰는 자서전이 실은 사귀고 싶은 사람의 생애라면 어떻게 될까요? 지금 쓰는 자서전의 주인공이 내가 사랑하고 싶은 사람이라면요?

시인은 그 사람을 아주 면밀히 관찰합니다. 찬비 먹고 자라는 물이끼나 외투의 색을 흰 속옷에 묻히는 습관까

박준[1983~] 여기 『당신의 이름을 지어다가 며칠은 먹었다』를 표제로 한 시집이 독서 관련 TV 프로그램 〈비밀독서단〉에 소개되면서 널리 알려졌다. 21세기에 등단한 시인 가운데 명실상부 가장 시를 잘 쓴다.

지, 시인은 사랑하는 이의 모든 것을 알고 싶습니다. 그런 당신의 이름으로 지은 먹거리가 나를 살립니다.

당신은 곧 나의 생계입니다. 이것이 곧 시인의 고백처럼 들립니다.

눈물

김현승

더러는
옥토에 떨어지는 작은 생명이고저……

흠도 티도,
금가지 않은
나의 전체는 오직 이뿐!

더욱 값진 것으로
드리라 하올 제,

나의 가장 나중 지니인 것도 오직 이뿐!
아름다운 나무의 꽃이 시듦을 보시고
열매를 맺게 하신 당신은,

나의 웃음을 만드신 후에
새로이 나의 눈물을 지어 주시다.

무엇이 우리를 눈물 흘리게 할까요? 아름다운 것일까요, 아니면 떨어져 사라지는 것일까요?

　나의 웃음을 만드신 후에 / 새로이 나의 눈물을 지어 주시다.

　시인은 이렇게 노래하고 있네요.

　꽃이 시들면 슬퍼서 눈물이 나지만, 꽃이 진 다음에야 열매가 맺히니, 눈물은 웃음을 위한 고통인가 봐요. 그러니 슬픔으로 눈물이 흐를 때는 곧 찾아올 웃음을 떠올려 보아요. 눈물만 주었다면 너무 고통스러울 세상, 웃음만 주었다면 너무 심심했을 세상. 웃음 다음에 눈물을, 그다음에 다시 웃음을 주는, 세상의 신비한 이치랍니다.

김현승(1913~1975) 초기의 작품들은 자연의 예찬을 통한 민족적 낭만주의의 경향을 띠었다. 이후 인간의 내면세계를 추구하는 시를 썼고, 말기에는 사랑과 고독 등 인간의 본질을 추구하였다. 그를 일러 고독의 시인, 눈물의 시인이라 부른다.

사소한 물음들에 답함

어느날

한 자칭 맑스주의자가

새로운 조직 결성에 함께하지 않겠냐고 찾아왔다

얘기 끝에 그가 물었다

그런데 송동지는 어느 대학 출신이오? 웃으며

나는 고졸이며, 소년원 출신에

노동자 출신이라고 이야기해주었다

순간 열정적이던 그의 두 눈동자 위로

싸늘하고 비릿한 막 하나가 쳐지는 것을 보았다

허둥대며 그가 말했다

조국해방전선에 함께하게 된 것을

영광으로 생각하라고

미안하지만 난 그 영광과 함께하지 않았다

십수년이 지난 요즈음
다시 또 한 부류의 사람들이 자꾸
어느 조직에 가입되어 있느냐고 묻는다

나는 다시 숨김없이 대답한다
나는 저 들에 가입되어 있다고
저 바닷물결에 밀리고 있고
저 꽃잎 앞에서 날마다 흔들리고
이 푸르른 나무에 물들어 있으며
저 바람에 선동당하고 있다고
가진 것 없는 이들의 무너진 담벼락
걷어 차인 좌판과 목 잘린 구두,
아직 태어나지 못해 아메바처럼 기고 있는
비천한 모든 이들의 말 속에 소속되어 있다고
대답한다 수많은 파문을 자신 안에 새기고도
말없는 저 강물에게 지도받고 있다고

노동이나 투쟁을 소재로 한 시가 주목 받을 무렵, 이것도 시가 되는구나 싶어 시를 쓰기 시작했다는 젊은 시인입니다. 시처럼 그의 인생에도 굽이굽이 곡절이 많았지요.

그런데도 참 낭만적이지 않나요? 느긋한 여유가 엿보이기도 하고요.

들과 바다물결, 꽃잎과 나무 그리고 바람……. 언제든 그 자리에 있어 항상(恒常)한 것들.

대학 다니며 글깨나 읽었다는 사람들은 빈 수레마냥 요란하기만 한데, 정작 우리가 미물이라 부르며 비천하게 여기는 것들은 수많은 파문을 안고도 말없이 의연한 삶을 가르쳐 줍니다. 그런 삶에는 학력도 출신도 아무런 상관이 없습니다. 진짜 중요한 것은 사람답게 사는 것, 차별 없이 사는 것, 꽃과 바람과 물과 어울려 조화롭게 사는 것 아닐까요?

송경동(1967~) 박노해 이후 노동자 출신 시인의 계보를 잇고 있다. 그러나 과격한 투쟁의 언어보다는 가난한 이들의 일상과 노동에 대해 따뜻한 목소리로 노래한다. 그에게 시는 노동을 알리는 선전 수단이 아니라 삶 자체이다.

겨울 강가에서

눈과 함께 쏟아지는

저 송곳니들의 말을 잘 들어두거라 딸아

언 강 밑을 흐르며

모진 바위 둥글리는 저 물살도

네 가슴 가장 여린 살결에

깊이 옮겨두거라

손발 없는 물고기들이

지느러미 하나로도

어떻게 길을 내는지

딸아 기다림은 이제 행복이 아니니

오지 않는 것은

가서 가져 와야 하고

빼앗긴 것들이 제 발로 돌아오는 법이란 없으니

네가 몸소 가지러 갈 때

이 세상에

닿지 않는 곳이란 없으리

"나는 여지껏 소극적이고 게으른 삶을 살아 왔다. 이제 오지 않는 것은 가져올 것이고, 몸소 움직여 내가 원하는 것들을 만나야겠다. 저 물고기와 달리 나에게는 손발도 있지 않은가."

이 시를 읽고 난 후 어떤 이가 남긴 말입니다. 하지만 굳센 의지만 있다면 손발이 문제겠어요? 흐르는 물살이 모진 바위를 둥글게 하고, 손발 없는 물고기들이 물속에 길을 내는 것처럼 강한 의지만 있다면 나의 행복과 나의 길을 스스로 찾을 수 있답니다.

아 참, 시인은 특별히 딸을 부르고 있네요. 시인이 여성이어서만은 아닐 거예요. 옛날과 달리 여성의 역할과 중요성이 커졌다는 증거이겠지요. 그러니 모두들, 잘 읽고 마음에 새겨 둬요!

김경미(1960~) 아주 당찬 시를 쓰는 시인이다. 그를 만나 보면 작은 여장부의 기개가 느껴진다. 라디오 음악 프로그램의 작가로 크게 활약했다. 시와 방송 그리고 음악의 관계를 묶어 문화산업의 한 축을 연구하고 있다.

봄

이성부

기다리지 않아도 오고
기다림마저 잃었을 때에도 너는 온다.
어디 뻘밭 구석이거나
썩은 물웅덩이 같은 데를 기웃거리다가
한눈 좀 팔고, 싸움도 한판 하고,
지쳐 나자빠져 있다가
다급한 사연 들고 달려간 바람이
흔들어 깨우면
눈 부비며 너는 더디게 온다.
더디게 더디게 마침내 올 것이 온다.
너를 보면 눈부셔
일어나 맞이할 수가 없다.
입을 열어 외치지만 소리는 굳어
나는 아무것도 미리 알릴 수가 없다.
가까스로 두 팔을 벌려 껴안아 보는
너, 먼 데서 이기고 돌아온 사람아.

유난히 춥고 긴 겨울이면 더욱더 간절히 봄을 기다리게
되지요. 얼음이 녹고 눈이 녹아 조잘대며 흘러가는 시
냇물 소리가 한없이 그리워집니다.

　봄아, 어디 숨었니? 암만 숨어 봐도 눈부신 네 빛은 단
번에 들키고 말 텐데. 광에 숨었니? 얼른 나와 기지개를
펴렴. 겨우내 꽁꽁 웅크렸던 이 몸에 따뜻한 네 햇살을
비춰 다오. 두 팔 벌려 힘껏 껴안아 보게 말이야.

이성부(1942~2012) 어렵고 고통 받는 삶을 작품 속에서 여러 형태로 그려낸 시인
이다. 개인의 행복이나 불행은 언제나 사회 현실 전체와 연결된다. 거기서 소외 받
는 사람에 대한 따뜻한 눈길이 곧 시인이 가져야 할 것이다. 이 시인은 그런 점에 특
히 민감했다.

「수록작품 출처 ───

「꽃」,『처용』, 김춘수, 민음사

「낙타」,『이한직 선집』, 이한직, 현대문학

「형님전 상서」,『밤에 쓰는 편지』, 김사인, 문학동네

「물로 빚어진 사람」,『도화 아래 잠들다』, 김선우, 창비

「긍정적인 밥」,『모든 경계에는 꽃이 핀다』, 함민복, 창비

「별들은 따뜻하다」,『별들은 따뜻하다』, 정호승, 창비

「우리가 물이 되어」,『허무집』, 강은교, 서정시학

「사랑」,『불을 지펴야겠다』, 박철, 문학동네

「수묵 정원 9 -번짐」,『왼쪽 가슴 아래께에 온 통증』, 장석남, 창
비

「시월의 소녀」,『전봉건 시전집』, 전봉건, 문학동네

「공양」,『간절하게 참 철없이』, 안도현, 창비

「물 통(桶)」,『김종삼 전집』, 김종삼, 나남

「화살」,『새벽길』, 고은, 창비

「철길」,『좋은 꽃』, 김정환, 민음사

「사평역에서」,『사평역에서』, 곽재구, 창비

「그애」,『해바라기의 비명』, 함형수, 문학과비평사

「사랑」, 『착하게 낡은 것의 영혼』, 정일근, 시학

「사랑」, 『김수영 전집』, 김수영, 민음사

「마치……처럼」, 『그녀가 처음, 느끼기 시작했다』, 김민정, 문학
과지성사

「그릇 1」, 『오세영 시전집』, 오세영, 랜덤하우스코리아

「바다와 나비」, 『김기림 전집』, 김기림, 심설당

「다시 첫사랑의 시절로 돌아갈 수 있다면」, 『다시 첫사랑의 시절
로 돌아갈 수 있다면』, 장석주, 세계사

「종소리」, 『귀』, 서정춘, 시와시학사

「라라에 관하여」, 『사랑하고 싶은 날』, 오탁번, 시월

「내 마음을 아실 이」, 『모란이 피기까지는』, 김영랑, 동아일보사

「네가 그리우면 나는 울었다 −편지 10」, 『지리산의 봄』, 고정희,
문학과지성사

「전화」, 『보이는 것을 바라는 것은 희망이 아니므로』, 마종기, 문
학과지성사

「아니오」, 『신동엽 전집』, 신동엽, 창비

「칼로 사과를 먹다」, 『우리는 철새처럼 만났다』, 황인숙, 문학과
지성사

「삼학년」, 『가뜬한 잠』, 박성우, 창비

「만돌이」, 『윤동주 시집』, 윤동주, 범우사

「내가 천사를 낳았다」, 『일찍 늙으매 꽃 꿈』, 이선영, 창비

「의자」, 『의자』, 이정록, 문학과지성사

「성탄제」, 『황사현상』, 김종길, 민음사

「아배 생각」, 『아배 생각』, 안상학, 애지

「어머니」, 『새벽』, 정한모, 일지사

「달 있는 제사」, 『오랑캐꽃』, 이용악, 아문각

「역」, 『한성기 시전집』, 한성기, 푸른사상

「낙화」, 『승무』, 조지훈, 자유문학사

「낙화」, 『적막강산』, 이형기, 모음출판

「인생」, 『조금 쓸쓸했던 생의 한 때』, 권대웅, 문학동네

「조등」, 『새벽 세 시의 사자 한 마리』, 남진우, 문학과지성사

「목계장터」, 『새재』, 신경림, 문학과지성사

「떨어져도 튀는 공처럼」, 『나는 별 아저씨』, 정현종, 문학과지성사

「아직 촛불을 켤 때가 아닙니다」, 『아직 촛불을 켤 때가 아닙니다』, 신석정, 자유문학사

「바람에게도 길이 있다」, 『아름다운 이 세상 소풍 끝내는 날』, 천상병, 미래사

「사랑스런 추억」, 『하늘과 바람과 별과 시』, 윤동주, 동해

「다리」, 『나는 이 거리의 문법을 모른다』, 고운기, 창비

「첫사랑」, 『쪽빛 문장』, 고재종, 문학사상사

「겨울 바다」, 『김남조 시전집』, 김남조, 서문당

「과수원」, 『슬픔의 핵』, 이수익, 고려원

「연필로 쓰기」, 『연필로 쓰기』, 정진규, 영언문화

「우리들 시대의 아들아 1」, 『홍윤숙 시전집』, 홍윤숙, 시와시학사

「당신의 이름을 지어다가 며칠은 먹었다」, 『당신의 이름을 지어다가 며칠은 먹었다』, 박준, 문학동네

「심경 11 –하물며 네가 떠난 뒤에야」, 『나라고 할 만한 것이 없다』, 이창기, 문학과지성사

「눈물」, 『김현승 시전집』, 김현승, 관동출판사

「사소한 물음들에 답함」, 『사소한 물음들에 답함』, 송경동, 창비

「겨울 강가에서」, 『쓰다만 편지인들 다시 못 쓰랴』, 김경미, 실천문학사

「봄」, 『우리들의 양식』, 이성부, 민음사

열다섯, 시를 만나는 순간 1

사춘기의 마음을 다독이는 한국 현대 명시 60

초판 1쇄 발행 2012년 5월 14일
초판 4쇄 발행 2013년 8월 31일
개정판 1쇄 인쇄 2026년 1월 23일
개정판 1쇄 발행 2026년 1월 29일

지은이 김춘수 외
해설 고운기 **그림** 금동원
펴낸이 김선식

부사장 김은영
콘텐츠사업본부장 임보윤
책임편집 강혜진 **책임마케터** 이고은
콘텐츠사업10팀장 강혜진 **콘텐츠사업10팀** 이슬, 정지혜, 이나영
마케팅사업1팀 이고은, 지석배, 최민경, 이현주, 김은지 **홍보1팀** 김민정, 홍수경, 변승주
브랜드사업본부장 정명찬 **브랜드홍보팀** 오수미, 서가을, 박장미, 박주현
영상홍보팀 이수인, 염아라, 이지연, 노경은
편집관리팀 조세현, 김호주, 백설희 **저작권팀** 성민경, 이슬
재무관리팀 하미선, 임혜정, 이슬기, 김주영, 오지수
인사총무팀 강미숙, 이정환, 김혜진, 김주림, 황종원
제작관리팀 이소현, 김소영, 김진경, 유미애, 이지우
물류관리팀 김형기, 김선진, 주정훈, 양문현, 채원석, 박재연, 이준희, 최대식
외부스태프 디자인 석운디자인

펴낸곳 다산북스 **출판등록** 2005년 12월 23일 제313-2005-00277호
주소 경기도 파주시 회동길 490
전화 02-704-1724 **팩스** 02-703-2219
이메일 dasanbooks@dasanbooks.com
홈페이지 www.dasan.group **블로그** blog.naver.com/dasan_books
용지 스마일몬스터 **인쇄 및 제본** 한영문화사 **코팅 및 후가공** 평창피엔지

ISBN 979-11-306-7471-1 44800
    979-11-306-7473-5(세트)